Ina Müller wurde 1965 in Köhlen (Landkreis Cuxaven) als vierte von fünf Bauerntöchtern geboren. Muttersprachlich Plattdeutsch aufgewachsen, erlernte sie ihre erste Fremdsprache (Hochdeutsch) im Alter von sechs Jahren, der Einschulung sei Dank.

Nach ihrer Ausbildung zur Pharmazeutisch-Technisch-Assistentin (PTA) lebt und arbeitet sie in Bremen, auf Sylt und in Hamburg, bevor sie dort 1996 den Kittel an den Nagel hängt und bis 2005 als eine Hälfte des Musikkabaretts ›QueenBee‹ durch Deutschland tourt.

Ina Müller lebt in Hamburg und in München, schreibt und liest seit 2000 plattdeutsche Geschichten für die NDR-Sendereihe ›Hör mal 'n beten to‹, ist immer mal im NDR Fernsehen zu Gast, geht auf Lesereisen und gastiert mit einer plattdeutschen Leseshow mit Musik in Norddeutschland.

2001 wurde ihr der ›Niederdeutsche Literaturpreis‹ der Stadt Kappeln verliehen. Ihre Geschichten liegen in mehreren Büchern und Hörbüchern vor.

Ina Müller

Mien Tung
is keen Flokati

Quickborn-Verlag

Alle Rechte, insbesondere der Vervielfältigung,
der Übersetzung, der Dramtasierung, der Rundfunkübertragung,
der Tonträgeraufnahme, der Verfilmung, des Fernsehens
und des Vortrages, auch auszugsweise, vorbehalten.

Die plattdeutsche Schreibweise
ist unverändert von der Autorin übernommen worden.

12. Auflage 2008

ISBN 978-3-87651-278-5

© Copyright 2004 by Quickborn-Verlag, Hamburg
Fotos auf dem Umschlag: Martin Pölcher
Gesamtherstellung: CPI – Clausen & Bosse GmbH, Leck
Der Umwelt zuliebe
auf chlorfrei gebleichtem Papier gedruckt
Printed in Germany

Inhalt

Mien Tung is keen Flokati 7
De Ünnerscheed twüschen Lösung
un Kompromiss! 9
Reflexe 12
Fruun un Football 14
Wen man je schlafen sah 16
Öller as Gudrun Landgrebe 18
Ina is krank! 20
De Schöönheitschirugie 22
Jümmer mehr Friseure 25
Textile Prothesen 27
Op de richtige Grötte kummt dat an 29
Geiz is geil 31
Fruun un Alkohol 34
Nichtraucher! 36
Nomen est Omen 38
Op 'n Hund komen 40
Fruunsauna 42
Angst 44
Frogen kost nix 46
De Seele bummeln loten! 49
Frau Help 51

»Nice to meat you« 53

Un Äkschoooon 55

Nicole 58

Mien Putzmann! 60

De Dokter in'n Blaumann! 62

Mien Schloopzimmerwandschrankspegel

un ik 65

Meerschweinchen sünd ›out‹ 67

De Bodeantoch 70

Händis 72

Kröten op Motorrad 74

Drinkgeld! 76

Smoker or NO-Smoker 78

Dat niege Geld 80

»Top-Five-Gruppe« 82

Frau Jones 84

Wellness! 86

Echte Prominente 88

Wenn de Buur in Rente geiht! 91

Fröher weer allns ... anners 94

Mien Tung is keen Flokati

Ik sitt mit mien Fründ an'n Fröhstücksdisch, un he hett al gau mol de Zeitung hoolt. Dat mookt he jümmers so, wiel de vun uns, de de Zeitung hooch hoolt hett, un dat sünd 90 Treppenstufen rünner un 90 Treppenstufen wedder rop, de dröfft sik den spannensten Deel toeerst nehmen. De anner mutt eerstmol lesen wat över blifft. Mi is dat recht. Wiel he nimmt sik sowieso jümmer den Sportdeel toeerst un de Sportdeel interesseert mi överhaupt nich. Dat weet he over nich. Wiel, wenn he mit de Zeitung kümmt, denn segg ik jümmer: »Och, hast Du Dir jetzt schon wieder den Sportteil genommen?« Un denn freit *he* sik un *ik* weet, dat he Morgen wedder loslöppt.

He sitt also vör sien Sportdeel un ik vör den Rest, un wiel ik jo 'n Fruu bün, also vun Natuur ut 'n grötteret Mitteilungsbedürfnis heff, as he, lees ik em jümmer mol so'n beten wat vör ... ut mien Deel rut, in sien Sportdeel rin.

»Samma, wusstest Du, dass es an der Berliner Charité, ne, das es da jetzt 'ne Mundgeruchssprechstunde gibt?«

»Mhhh …«, seggt he. »Wusstest Du das?«, froog ik noch mol no.

»Was?« – »Du hörst ja gar nicht zu!«, segg ik.

»Ich les grad!«, seggt he. »Ich auch«, segg ik, »aber man kann auch lesen und zuhören auf einmal!«

»*Du* kannst lesen und zuhören auf einmal!«, seggt he.

Ün wiel de Daag noch so jung weer un ik noch keen Striet wull, lees ik ganz sinnich wieder vör mi hen … 2/3 vun de Bevölkerung hett gelegentlich, over jeede 10. stennich Mundgeruch, steiht dor. Un dat 'n dat sülvst gor nich rüken kann, wenn 'n ut'n Hals stinkt. Wiel unse Nääs, allns wat se to foken rüken deit, jichtenswann nich mehr rüken kann, wiel unse Nääs wedder Platz bruukt för niege Gerüche, de se noch nich kennt. Spannend! Un dat Mundgeruch meisto an de Tung liggt, ode beter seggt op de Tung, wiel unse Tung, de mutt'n sik vörstellen as so'n Flokati-Teppich. Un so as sik de Dreck twüschen de Teppichflusen sammelt, so sammelt sik de ganzen Bakterien in de Tungenfurchen. Un je grötter de Tung, ümso mehr Bakterien lungert dor rüm.

Ik finn jo de Vörstellung an so'n Zungenkuss, de kriggt dör düssen Bericht 'n ganz annern Bigeschmack.

Also ik weet, dat mien Tung nich utsüht as'n Flokati.

Mien Tung is mehr so'n Perser-Teppich!

De Ünnerscheed twüschen Lösung un Kompromiss!

Wenn dat Leven nu sowieso al unruhich is, dennso bruukt en so sien Rituale. Sowat as: morgens Koffie mit Koffein, nomeddoogs Koffie ohn Kofffein un Alkohol eerst wenn't düüster is.

Wenn 'n denn over mit sien Liebe tohoop trecken deit, denn mütt 'n toseihn, dat du dat ›Tohoopleven‹ un dien Rituale jichtenswo ünner een Hoot kriggst.

Bi uns hett dat eenigermoten goot funkschioneert, bit op een Sook. Wenn ik ovends no 'n Bett goh, dennso geiht dat mit mien Rituale so: Finster op, Licht an, rechts de Zigaretten, links wat to Drinken un vör mi op de Bettdeek de Feernbedeenung so, dat ik mi ganz bequem in'n Schloop ›zappen‹ kann.

Wenn he ovends no 'n Bett geiht, dennso geiht dat mit sien Rituale so: Finster dicht, Gardien' to, Feernseher ut, Licht ut, un nocheens de Stünn' tellen, de he noch schlopen kann, vör de Wecker geiht.

Dat eenzigst Ritual, wat wi beide hebbt is, dat wi beide geern mittich in'n Bett liggt. Dat is over mit

2 in 1 Bett rein ›physikalisch‹ nich mööglich un warrt dorüm ok nich wieder utdiskuteert.

An'n Anfang, as de Liebe noch frisch weer, dor heff ik versöcht, sien Rituale to övernehm'.

Ik leeg denn jümmer hellwook Klock 11 dor un müss em all 5 Minuten schütteln.

»Was ist, schnarch ich schon wieder«, froogt he denn.

»Nee«, segg ik, »aber Du … atmest.«

»Ich muss atmen«, seggt he denn.

»Ja«, segg ik, »aber Du atmest so … so komisch … so … ch ch ch. Und Du atmest mich an … ich kann nicht schlafen, wenn mich einer anatmet!«

Dorno hett he versöcht, mien Rituale to övernehm'. Dat güng over blots eenmol, wiel ik meisttiets utschlopen kann, he morgens over al Klock halvig 6 opstohn mutt … un he dat an den Daag schafft hett, ganz ohn Rituale un in'n Stohn bi de Arbeid intoschlopen.

Wenn he ovends mien Rituale övernimmt, seggt he as he no Huus kummt, dennso müss ik morgens ok sien Rituale övernehmen. De Pries weer mi to hooch un wi hebbt nu versöcht, 'n Kompromiss to finnen: He hett mi 'n ›schnurlosen‹ Kopphörer schenkt, so'n Riesending, wo du noch de Sendefrequenz an'ne Ohrn instellen müsst, un ik sehg ut as een vun de ›Teletubbies‹, de in'n Düstern neven em in'n Bett sitten deit, ohn Zigaretten un ohn mi to rögen.

He kann woll nu schlopen un ik kann ok Feern-
sehn kieken, over so richtich Spooß mookt uns
dat beide nich. He kann nämlich blots so lang
schlopen, bit de eerste gode Witz wiest warrt un
ik luut lachen mütt. Dennso sitt he stickel op un
wook neven mi, un kickt mi vergrellt an. »Winki,
winki«, roop ik em denn luut to. En hett jo mit
düsse Dinger op de Ohrn jümmer keen Geföhl
mehr för sien eegen Luutstärke.
Un denn ritt he mi de Hörers vun Kopp un bölkt:
»Das ist keine Lösung!«
»Nee«, segg ik, un sett mi de Hörers wedder op,
üm denn luut wedder trüch to bölken: »Aber 'n
guter Kompromiss!«
He haut sik sülvst dat Küssen över'n Kopp un ik
lees an'n neegsten Daag in de Zeitung de Över-
schrift:
›50 Jahre Ehe, Frau erwürgt!‹
Un wieder steiht dor: ›Danach erhängte sich der
82-jährige Ehemann in der Garage!‹
Un nu warrt kloor, unse Kompromiss is würklich
keen Lösung, over de Lösung kann mannigmol
richtich hart ween!

Reflexe

Wenn 'n Fründ hett, de Dokter is, dennso höört sik dat eerstmol wat beter an, as dat is! Em sülvst kriggst du eegentlich ni nich to sehn.

»Du Schatz, wird später«, »Du Schatz, da hab ich Dienst«, »Du Schatz, fangt schon mal ohne mich an«, »DuSchatz, DuSchatz, DuSchatz!«

Un üm mi de Tiet to verdrieven bit »Du Schatz« denn doch mol jichtenswann no Huus kummt, fang ik an to lesen!

›Medizinische Literatur‹, wat sünst! Dormit köönt wi uns tohuus nämlich doothaun. Ik heff sogor dat Geföhl, sien ›Medizinische Literatur‹ kann sik jichtenswo automatisch vermehrn. Op't Klo, inne Köök, sogoor in't Bett ... överall liggt düsse unappetitlichen Böker rüm. Over as ik al seggt heff, ik tööv mol wedder op »Du Schatz« un vör mi liggt 'n Book över Reflexe.

Och, dink ik, dat höört sik jo mol nich ganz so ekelich an, dor kickst mol rin. Un wohrhaftich! Spaaaaaaannend, segg ik jo! Hebbt ji wüsst, dat wenn 'n lüttjet Baby an de Wäschelien hangt, dat de dor an hangen blifft? Also nich mit Wäscheklammern fastmookt, dat meen ik nich! Sünnern dat is 'n Reflex! De griept mit ehre lüttjen Hannen de Wäschelien un loot de ok nich vun alleen wedder los. Du, de kann'n dor stünnlang an bammeln loten, ohn dat de rünnerfallt! Wooosooo weet ik dat nich? Woso vertellt mi dat nüms? Ik harr doch vendoog 'n ganz anneret Verhältnis to't Kinnerkriegen. Ik meen, de leve Gott, ode de Natuur mütt sik dor doch wat bi dacht hebben ... bi düssen ›Wäscheleinenreflex‹ ... Minsch, wenn so'n Baby eerstmol an'ne Lien hangt, denn hest du doch as Mudder alle Tiet vun de Welt. In Roh inköpen, sauber moken. Sogor 'n utgiebich Koffiekränzchen is denn doch noch mööglich!

Un en müss sik mol schlau moken, wo lang en den ›Wäscheleinenreflex‹ eegentlich so utreizen kann. Of 'n nich villicht sogor mol ungestört in Urlaub föhrn kann. Mol richtich wiet weg!

Fruun un Football

Ik sitt mit 'n Beer in de Hand vör de Glotze un kiek Football, Sportschau, Delling … schood, dink ik, dat dor nich so'n beten Geschirrklötern ut de Köök kummt. Dat find ik jümmer so schöön! Wenn ik Football kiek, un he steiht in de Köök, denn weet ik jümmer, dat de Welt noch in Ordnung is.

Vendoog klötert dor nix in de Köök! Vendoog sitt he neven mi un drinkt ok 'n Beer un kickt ok Football … mmmmmhhhhhh »Hungaaaaaa« … roop ik, un versöök em so in de Köök to kriegen. »Jetzt nich«, seggt he … mmmmmhhhhhh »Och …«, segg ik, »… woneer kummt denn eegentlich dat Bayern-Speel?«

»Siet wann interesseerst du di denn för dat Bayern-Speel?«, froogt he.

»Woso«, segg ik, »siet ik Bayern-Fan bün.«

»Siet wann büst du denn woll Bayern-Fan?«, froogt he.

»Al lang«, segg ik un nehm eerstmol 'n örnichen Schluck Beer ut de Buddel un wies em so, wo eernst mi dat dormit is.

»Ik dink, du büst St. Pauli-Fan?«, lacht he.

»Quatsch«, segg ik, »St. Pauli, de sünd doch nich mol mehr in de 2. Liga!«

»En kann ok Fan vun een Mannschaft ween, de in de 2. Liga ode in de Regionalliga is«, seggt he, »dat hett wat mit Treue un Solidarität un Geföhl un so to doon!«

»Nö«, segg ik, »dat is mi to anstrengend un to langwielich! Schüllt se beter spelen, denn blief ik jem ok treu!«

»Over en kann doch nich eenfach jümmer den Vereen wesseln«, seggt he, »so 'n Mann«, seggt he, »de wessel in sien Leven woll 'n Barg, un mitünner sogor eeter de Fruu, over in sien Leven wörr so 'n Mann ni nich sien Vereen wesseln! Un woso nu jüst de Bayern?«, froogt he.

»Wiel de goot utseht«, segg ik, »un wiel dor jümmer wat los is, un wiel de jümmers jichtenswat gewinnt. Sülvst wenn se de Champions-League un den UEFA-Cup vergeicht, warrt se jümmer noch Meister! As Bayern-Fan büst jümmers op de sekere Siet«, segg ik!

»Boah Fruun«, seggt he …

»Jo, jüst«, segg ik, »Fruun! Fruun sünd so, wiel de meisten vun uns de 2. Liga al bi sik tohuus op 'n Sofa sitten hebbt!«

Wen man je schlafen sah ...

Ik lieg mol wedder so dor un kann nich schlopen. Neven mi is he jüst wedder dorbi, den kumpletten ›Regenwald‹ ümtosogen.

»Wen man je schlafen sah, den kann man nie mehr hassen«, hett mol jichtenseen Nobelpriesdreger seggt. Ik harr düssen Minschen to geern mol froogt, wo dat denn woll mit den is, den »man schlafen hört«? Un ik wunner mi, dat so'n Mann för so'n halve Wohrheit mol 'n ganzen Nobelpries kregen hett.

Ik verstoh dat gor nich. Ansünsten hett unse Evolution doch allns in Griff kregen. Allns wat de Minsch nich mehr bruken dä, dat leet de Evolution eegentlich ok över de Johrn verschwinn'. Unse Ganzkörperbehoorung is weg, also bi de meisten vun uns. Wi loopt nich mehr op 4 Been, wiel op 2 Been lopen veel beter utsüht, un de lange Steert is uns ok jichtenswo mol affullen, ode op jeedeen Fall is de 'n ganze Eck körter worrn. Woso also kriggt de Evolution dat mit dat Schnorken nich in'n Griff? Weet 'n doch vendoog: de Mann schnorkt, wiel he ganz fröher so de Mööglichkeit harr, to schlopen, un over gliektiedig sien Weibchen un sien Kinner to beschützen.

So, leve Evolution, nu glööv du doch blots nich, dat sik vendoog noch jichtenseen Inbreker vun dat Schnorken vun so'n Huusbesitzer afschrecken lett. Un dorüm höllt sik unse weibliche Dank an dat Männchen för sien Beschützer-Schnorken ok recht wat in Grenzen.

In'n Gegendeel. De schnorkende Mann leevt sogor gefährlich.

Forsa hett mol wedder rümfroogt. Un se hebbt dorbi rutkregen, dat 14 % vun de frogten Fruuns ehrn schnorkenden Mann an'n leevsten ümbringen muchen. »Wenn er schnarcht, könnte ich ihn umbringen«, hebbt se seggt.

Ik finn jo, se schullen düsse Fruuns ok 'n Nobelpries geven, dorför, dat se dat mit dat Ümbringen jümmer wedder un jümmer wedder vun Nacht to Nacht opschuven dot.

Öller as Gudrun Landgrebe

»Minsch, nu höör doch mol op dormit …«, seggt
mien Fründ. »Womit denn?«, froog ik em. »Na,
dat du jümmer seggst, du büst 38. Du büst nich 38,
du büst 37. Du warrst jichtenswann 38, un neegst
Johr warrst du ok noch nich 40! Also nu fang nich
al an, de Lüüd to dien 40. neegst Johr intoloden.
»Quatsch!«, segg ik, »ik heff doch lest Johr mien'
38. fiert!« – »Jo«, seggt he, »Schlimm noog!« Un
denn fangt he an, mi genau vör to reken, woneer
ik boorn bün un dat he recht hett. Ik bün 37.
Stimmt, ik heff mien' 37. gor nich fiert. Un frei mi
eerstmol so'n beten vör mi hen, dat ik doch noch
mehr ›Mitte 30‹ un weeniger ›bald 40‹ bün. Ik loop
eerstmol no'n Spegel hen un versöök mol, mi 'n
ganz neutralet Bild vun mi un vun mien Öller to
moken. Over so richtich geiht dat nich. Ik finn, ik
kunn ok 29 ween, over ik kunn ok 44 ween. Ik
wörr mi beides glöven. Un ik mutt dor an dinken,
wo annerdoogs de Kieler Zeitung över mi schreev:
»… Mit ihrer Lesebrille und leicht angegrauten
Haaren sieht sie aus, wie die ältere Schwester von
Gudrun Landgrebe …«

Dat mit Grudrun Landgrebe pinsel mi nu eerstmol meist den Buuk, over dat mit de öllere Schwester weer denn doch 'n Schlag in't Gesicht.

Gudrun Landgrebe is 53! 53! Wenn de mit 16 nich oppasst harr, denn kunn de vendoog mien Mudder sien. Un dat heet doch woll ok, ik sehg as öllere Schwester ok noch öller ut as 53! Un dat mit ›Mitte 30‹.

Fränki, mien Friseur, de hett doch al jümmer to mi seggt, dat ik mi de grauen Hoor wegfarven loten schall. Fränki seggt jümmer, Fruun mit graue Hoor, de seht so old un unfruchtbor ut. »Wilde Pflaume«, seggt Fränki jümmer, »wilde Pflaume wärr suuper für Dich, Schatz«, näselt he.

Blots, wenn 'n sik al föhlt as 'n Plum, dennso will 'n jo nich ok noch so utsehn. Un ik froog mi, of Fränki woll weet, dat Friseur op plattdüütsch ›Putzbüddel‹ heet.

»Freu dich doch«, lacht mien Fründ breet vun achtern in mien' Spegel rin. »Worüber?«, froog ik. »Na, das die nicht geschrieben hat, du siehst aus wie die Zwillingsschwester von Inge Meysel.«

Ina is krank!

(Wenn ji de Geschicht luut lesen dot, mööt ji de Nääs dorbi dicht holen, denn mookt de noch mehr Spooß!)

So fix as düttmol gung dat over noch ni. Dat mutt 'n richtich agressiven Virus wesen sien. Bi't In-schlopen dach ik noch – minsch – dat is jo koo-misch – wenn dat man nich so'n richtich agressi-ven Virus is, dien eenet Nääslock is jo mitmol to … richtich dicht …

Man goot, dink ik noch, dat uns de leve Gott twee Nääslöcker geven hett. Dat hett he överhaupt ganz goot mookt, dink ik noch kort, vör ik een-nich inschlopen wull, dat he uns so veel glieks tweemol geven hett: twee Arms – twee Been – twee Ogen – twee Ohrn …

Un ik överlegg noch, wo he dor woll so op komen is, dat so to moken, un nich anners!

Un woso he uns woll blots een Gehirn un blots een Hart geven hett? Un denn krieg ik op eenmol 'n ganz hitten Kopp! Ina, du dinkst to veel, dink ik noch so, un ik froog mi: Woso nich een Arm un twee Gehirne – häää? – so'n Reservegehirn weer doch wat dulles! Ode twee Harten un blots een Oog? Un wo goot he ok allns verdeelt hett, dat de Been dor sünd woneem se sünd un uns nich vun de Schullern dolhangt. Dennso mussen wi nämlich allns ümdreihn, un harrn den Kopp twüschen de Been hangen. Un wo blööd dat utsehn harr, dat wull ik mi gor nich eerst vörstelln!

Un denn mark ik ok al wo mien Kopp noch hitter warrt, dat dat tweete Nääslock ok noch schlapp mookt un wo dörch mien Nevenhöhlen de Sintfloot löppt, un ik froog mi, wo Noah dat woll domols mookt hett, as bi em de Sintfloot keem. Mit de ganzen Tiern? Keen kummt nu mit op sien Arche, un keen nich? … Häää?

Hett Noah womööglich domols ok al 'n Casting mookt? So as se dat vendoog op RTL mookt – statt Deutschland sucht den Superstar, Noah sucht das Supertier?

Dor dröffen jo man jümmers blots twee vun een Sorte mit rop op sien Schipp! Mussen de Tiern sik qualifizeern … de Lamas mussen Lamaweitspukken moken, un de düütsche Schäferhund de Nationalhymne bölken?

Naja – heff ik weenichsens wat to'n Nodinken Övernacht, dink ik noch so as – as ik wedder nich schlopen kann … Ik find jo, grundsätzlich 'n poor mehr Nääslöcker harr he uns ruhich geven kunnt! De leve Gott! Man rein as Reserveventil!

De Schöönheitschirugie

»Wenn die Frauen verblühen, verduften die Männer«, seggt jichtens so'n Sackgesicht vun Schöönheitschirug in jichtenseen Interview op jichtenseen Sender. Un denn lacht he över sien eegen Witz un tatscht dorbi 'n meist – na, seggt wi mol – 25-jährige junge Fruu an ehrn frisch opereerten Busen rüm.

Düsse ›Busen‹ is bit boven hen vullpackt mit Silikon un sitt direktemang bi ehr ünnern Hals!

»Ich bin ein ganz neuer Mensch«, seggt de Deern.

»Das glaub ich«, seggt de Sack!

Boah, mi warrt slecht! Ik mutt ümschalten – blots – op den neegsten Sender vertellt denn 'n Fruu wat över den niesten Schöönheitstrend! »Wir feiern jetzt Botox Partys, das ist der neueste Schrei!«, seggt se. Botox-Party heet, dor droopt sik Fruuns, as sünst to jehre Tupperwarenpartys, un sprütt sik gegensiedich Botox in't Gesicht. Botox is eegentlich 'n Nervengift. Dat is nu over so bearbeid worrn, dat se sik dat schöön gegensiedich in jehre Gesichtsfalten sprütten köönt un dordör de Gesichtsmuskeln lohm leggt warrt. Un

22

denn kann'n de Stirn nich mehr kruus moken, wiel de is gelähmt. Un woneem en nix mehr kruus moken kann, dor kann ok nix mehr faltich warrn!

Naja, dink ik, logisch, over dat gifft doch denn ganz niege Beziehungsprobleme! Wenn du op eenmol bi so'n Fruu so gor nich mehr sehn kannst, of de nu woll gode ode slechte Luun hett, de armen Männe. Dor stoht denn de Fruun vör jem – ganz fründlich un schier un glatt in't Gesicht un schreet jem ut'n Stand an, ohn Anloop to nehm. Un sülvst wenn se schreet, seht se noch fründlich ut, dat is doch krank!

Ik kann de Fruun eenfach nich verstohn. Dat is doch 'n Teufelskreis! Eerstan loot se sik de Hoor farven, dat geiht jo noch, over denn loot se sik den Busen opereern. So, denn passt over dat wat twüschen Hoor un Busen liggt, nämlich dat Gesicht, nich mehr to den Rest. Also mutt 'n nieget Gesicht her. Dat warrt denn meisttiets düsse ›Windkanal‹-gesichter! Weet ji wat ik meen? Wenn 'n Motoradfohrer bi 120 ohn Helm op'n Moped sitt, denn kann'n dat good sehn.

Dor flattert de Backen so no achtern weg.

»Messer-Schere-Zange-Licht, und fertich is das Zombi-Gesicht!«

Un wenn Schöönheitschirug Dr. Sackgesicht mi nu wiesmoken will, dat mien Mann verduften deit, blots wiel ik mi nich opereern loot, denn köst mi dat 'n ›müdes Arschgrinsen‹. Un wenn mien Moors vun't ganze Grienen ok noch soveel Falten kriggt, Botox loot ik mi in mien' Moors nich rinjogen!

Jümmer mehr Friseure

Mi is opfulln, dat hier bi mi in de Stroot nu al de drütte niege Friseurloden open mookt hett. Un dat is nich so, dat dat in all de annern Stroten ümto nich al noog Friseurlodens gifft. Wo liggt dat an? Hebbt Friseure denn jüst 'n Boom, ode wat?

Wi Fruun rennt doch nich opmol öfter no 'n Friseur hen as sünst? Un of dat an de Männe liggt, dat glööv ik nich! So'n Mann, wenn de nich jüst Popstar ode Footballer is, de ännert doch hööchstens 2–3 mol in sien ganzet Leven sien Frisur! Wenn se dat ansünsten ok nich so dormit hebbt, over op'n Kopp, dor blievt de meisten Männe sik treu. Villicht ok wiel se genau weet, dat sik jehre Frisur sowieso bald vun ganz alleen ännert. Dat sik sowieso för jeedeen Mann jichtenswann de Froog stellt: kort schnieden, ode dat wat noch dor is, schöön eenmol quer röver kämen! Dat is denn dat Model ›Hilfeschrei‹.

Also woso nu op eenmol düsse ganzen niegen Friseurlodens?

En seggt jo ok, dat de Minsch in de neegsten

100 000 Johr sien ganzet Hoor verleert. Överall. Allns weg! Ok dor, wo de Hoor eegentlich noch 'n Sinn mookt, dormit du dat ganze Gedööns dor nich so rümbammeln sühst.

Over 100 000 Johr, dat is jo noch 'n beten wat hin. Bit dorhin hett sik so'n niegen Friseurloden woll hoffentlich amortiseert.

De Forschers seggt jo ok, dat de minschliche Kopp jümmer grötter warrt. Wiel sien Gehirn jümmer grötter warrt. Dat stunn' in de Zeitung. Un villicht hebbt de Friseure dat ok leest. Un nu dinkt se, dat wenn de Kopp jümmer grötter warrt, denn sünd dor ok mehr Hoor op so'n groten Kopp. Un mehr Hoor op so'n groten Kopp, dat heet denn doch woll ok, wi bruukt mehr Friseure.

Dat mookt doch ok Sinn!

Un weet ji, wat de Forschers noch seggt? Dat unsen Kopp nich eenfach blots gliekmäßich grötter warrt, sünnerlich dat sik unser Gehirn so ganz wiet no vörn schuven deit, un wi kriegt denn all so'n dicken Buhlen vör'n Dötz. So as bi Frankenstein sien Monster!

Och, ik frei mi dor al op. Dat is jo ok 'n Chance! Villicht kiekt de Männe denn mol mehr dor op, welke Fruu den gröttsten un schöönsten Buhlen vör'n Kopp hett un nich mehr blots dorno, keen vun uns de gröttsten Möpse ünnern Hals hangen hett.

Textile Prothesen

Dor heff ik nu al lang op töövt! Un nu sünd se dor eennich op komen! Nu gifft dat den 1. BH mit 'n Pulsmeter dor binnen. Also, dat is twors 'n Sport-BH, over dat is mi jo egool! Eennich kann ik – woneem ik goh un stoh – mien Puls meten. Un *noch* is dor leider so 'n Apperoot binnen, de dat meten deit. Over sogor dat hett nu bald 'n Enn. In 'n poor Johr sünd se sowiet, dor is denn de Stoff an sik de Sensor! Köönt ji jo dat vörstellen? Also dor treckst du di denn 'n T-Shirt an un de Stoff kann denn dien Puls meten! Dat haut mi echt vun 'n Hocker!

BH's, de den Puls överwachen dot un T-Shirts gegen Diabetis, dor sünd se nu ok al bi – allns in Arbeid! Sogor 'n Strampelantoch hebbt se nu entwickelt, de nachts pingeln deit, wenn dat Baby sik beweegt, ode Fever kriggt, ode 'n örniche Lodung in 'ne Büx bratzt hett. Dat is denn echten ›Schnulleralarm‹! … »Susanne, das Kind klingelt!«

Un se sünd dor bi un stellt nu Socken her, de de Salv gegen Footpilz al binnen hebbt. Düsse Sokken sünd imprechniert mit jichtentswat gegen

27

Footpilz! Dat is eegentlich ok 'n gode Idee, finn ik, blots dor schullen se man glieks noch in de Männesocken ok 'n beten wat gegen Stinkfööt mit rin imprechniern. Denn harrn wi hier ok nich so'n hoge Scheidungsrate in Düütschland! För de Fruuns mookt se nu je ok Strumpbüxen, woneem de Salv gegen Cellulitis al rinarbeid is. Dor crems du also automatisch dien Cellulitis bi't Gohn eenfach weg!

Ik sehg jo al den eersten Bankräuber mit so'n imprechnierte, durchblutungsfördernde Aloe Vera Strumpbüx över'n Kopp trocken in de Spoorkass stohn.

Over dat dullste is, se wüllt nu minschliche Organe ut Textilfasern nobuun! Näsen, Ohren, eegentlich allns wat du di dinken kannst – ›textile Prothesen‹ nöömt se dat! Schööne Idee, nich? Dröffs blots ni nich to hitt mit duschen, nich dat di dien niege Ohren glieks wedder inlopen dot!

Op de richtige Grötte kummt dat an

Wenn he uns to'n Burtsdag 'n Book schenkt, wat wi over al hebbt, dennso is dat nich so schlimm! Wenn he uns to'n Burtsdag 'n Kort för jichtenseen Kunzeert schenkt, un wi hebbt over an den Dag keen Tiet, dennso is dat ok nich sooo schlimm. Wenn he uns over to'n Burtsdag wat to'n Antrekken schenken deit, un dat passt uns nich, dennso is dat woll dat Schlimmste, wat em un uns passeern kann! Is dat to lütt, dennso seggt wi: »Bin ich Kate Moss, oder was?« Un is dat to groot, dennso seggt wi: »Bin ich 'n Nilpferd, oder was?« ... Un uns is sofort kloor, dat wenn dat to groot is, dat he uns för dicker höllt, as wi eegentlich sünd. Un wenn dat to lütt is, dat he uns geern dünner harr, as wi eegentlich sünd! Beides is schlimm – un wiest uns, dat he uns gor nich richtich kennt, un dat he uns ok nich richtich liebt – un uns eegentlich hässlich find! Un vör *he* dat deit, mookt *wi* lever mit em Schluss, natüürlich nich, ohn em de to knapp sittende Bluus noch mol örnich üm de Ohrn to haun! Zack! AUA ...

»Aber da steht doch 38 drin«, versöcht he sik noch

to verteidigen. »Ja«, segg ik, »dat steiht dor binnen, over dat is 'n franzöösche Firma – un in Frankriek is 38 dat, wat bi uns 36 is!« Also harr he 'n franzöösche 40 nehmen müss, üm de düütsche 38 to hebben.

Un bi de italieenschen un spaanschen Grötten, dor harr he sogor 'n 44 nehmen müss – wenn de groot utfallt – sünst 'n 46! Sowat weet 'n doch! Un – segg ik em noch – wenn dat 'n Bluus ut Ingland ween weer, ne, dennso harr dat 'n 12 ween müss. Un in Schweden heff ik 19 c!

Un wenn he sik ok blots 'n beten för mi intresseern wörr, dennso wüss he ok, dat 'n düütsche 38 nich glieks 'n düütsche 38 is! Dat gifft nämlich nu de niegen ›Schmeichelgrößen‹. Dor schrievt se in'n 38ger Bluus eenfach 36 rin! »Und?«, seggt he, »das is dann der ›guck ma Schatz, 36 passt wieder‹ Effekt, oder was? Na, häppy Börthday!«

Geiz is geil

Uns hett 'n – ik glööv al in'n Kinnergorden – bi-
bröcht, dat een vun de schlimmsten minschlichen
Eegenschaften woll de Giez is. Kinner, de nix af-
geven dään, de worrn in'n Kinnergorden al dor-
mit optrocken, in de School later knallhart dör
›Nichtachtung‹ strooft un in 'ne Pubertät worr
Giez sowat vun unsexy. Wenn 'n Typ rinkeem un
he nich sofort sien Zigarettenschachtel op'n Disch
schmieten dä, dennso harr he al verlorn. Nüms
vun uns Deerns wull mit 'n Jung knutschen, de
sien Zigarettenschachtel boven in sien Jeans-
jackentasch steken harr un sik jümmer blots een
enkelte Zigarett, blots för sik, mit 'n geschickte,
nich to opfällige Handbewegung, ut de Tasch
pulen dä, dat blots nüms seggt: »Oh, gib mir auch
mal eine«!
Jichtenswo güng denn over woll 'n Ruck dör
düsse slechteste vun de slechten Eegenschaften,
un de Giezigen weern nu nich mehr de Giezigen,
sünnern de ›Schnäppchenjäger‹, wat sik je eerst-
mol wat ›sportlicher‹ anhöört, as ›Giezkrogen‹,
ode sowat.

Se föhrt kilometerwiet to'n Tanken över de Grenz, wiel dat Benzin dor 'n poor Cent billiger is. Se fleegt no de Türkei, wiel de Ogen-OP dor 400 Euro billiger is, ok wenn jem dat alleen 400 Euro köst, dor överhaupt hen to komen. Se kööpt sik de gesammelte, klassische CD-Edition vun Rachmaninow, nich wiel se Rachmaninow kennt ode geern höört, sünnern wiel 'n sooo veele CDs för sooo weenich Geld kriggt.

Noch schlimmer, de ›Billigflüge‹ vun Köln no Madrid för 19 Euro!

Wenn ik mi vörstell, ik sitt dor in so'n Fleger binnen un de störrt af, un dennso steiht noher op mien Graffsteen: »Starb beim Absturz eines Billigfliegers (19 Euro), irgendwo zwischen Köln und Madrid«. Düsse Schmach! Un de Lüüd worrn denn op dat Gräffnis frogen: »Ach, wat wull de eegentlich in Madrid?« – »Nix«, worrn se denn to höörn kriegen, »over de Flug weer so schöön billig«!

Den echten Giez, ode seggt wi mol, Giez in sien ›absolute Vollkommenheit‹, den gifft dat nu över't Internet to buchen.

Ik meen dat ›Speed-Dating‹. Dat is 'n niege Form vun ›Blind-Date‹. ›Blind-Date‹ heet jo, dor droopt sik Mann un Fruu, ohn sik to kennen un eet 'n beten wat, un drinkt 'n beten wat un vertellt sik 'n beten wat un mit ganz veel Glück verlieft se sik sogor 'n beten wat. Nu kann so'n Ovend over doch al mol wat lang warrn, wenn du di Klock 8 drepen deist, un veertel no 8 haut di dat over al vör langewiel den Kopp in'ne Supp, wiel du weest, dat he mol wedder nich de ›Liebe des Lebens‹ is, sünnern wenn överhaupt, dennso is he 'n ›Kompromiss‹, un 'n Kompromiss is nu mol jüst dat Gegendeel vun de ›Liebe des Lebens‹. Un wiel dat allens to lang duurt un ok to veel Geld un to veel Tiet köst, gifft dat nu ›Speed-Dating‹. Dat funkschioneert meist so as de Reis no Jerusalem: 7 Fruun, 7 Männe, droopt sik in 1 Lokol. Se sitt sik gegenöver, un hebbt genau 7 Minuten Tiet, sik 1 mol kennen to leern, un wenn de 7 Minuten üm sünd, dennso rutscht he gau een wieder, zack, an'n neegsten Disch …

Schnäppchenjäger ünner sik … ode beter: wenn Giezige geil sünd!

Un dat Schöönste is, de 7 Minuten reekt genau för een Zigarett, wenn he de gau genoog un unopfällig ut sien Jeansjackentasch rutpuult kriggt!

Fruun un Alkohol

Wi sitt in 'n Kneipe un an 'n Nevendisch höör ik 'n Fruu woll dat teihnte Mol to ehr ›männliche Begleitung‹ seggen: »Du, ich sach schon mal, gleich bin ich betrunken!« Ode se seggt: »Du, ich warne Dich, gleich bin ich betrunken!«

Ik kann mi hier al gor nich mehr op mien Runde kunzentreern, wiel ik de ganze Tiet dor op tööv, dat se dat wedder seggt. Ode dat se eennich ›Erlösung‹ find: »Siehste, nu isses soweit, nu bin ich betrunken!« Over dat seggt se nich.

Woso mööt Fruun ehrn bevörstohn Kuntrullverlust eegentlich jümmers so luuthals ankünnigen? Wat stickt dor achter?

Wüllt de Fruun jehr Gegenöver dormit seggen: »So, vun nu af an mag ik bitte nich mehr eernst nohm warrn, wiel nu bün ik nämlich besopen!« Ode schall dat heten, dat he *nu* bitte anfangen kann mit rümknutschen un rümgrabbeln, wiel se jo nu so besopen un ganz wehrlos is. Ode bruukt se för den Daag dorno 'n gode Utreed, wenn sik mol wedder rutstellt, dat he man doch mehr so de Middelklassewogen, un weeniger de Mercedes is, för den se em anfangs holen hett? … He also den Elchtest leider nich bestohn hett? »Du, sei mir nicht böse, aber ich hatte zu viel getrunken …!« Männe seggt sowat nich! Nie! Tominnst heff ik dat noch nich höört. Männe suupt vör sik hen, un jichtenswann, meisttiets nodem se lang gor nix seggt hebbt, kummt denn mol sowat as: »Oh, man, bün ik knülle«, un ferdich sünd se dormit.

Un düt stännige, inflationäre sik Toprosten, dat is ok so 'n Fruunding. Kannst nich een Schluck doon, ohn dat nich vun jichtenswo een Glas anschoten kummt un ›Prohoost‹ schreet. Mannigmol deit mi an'n neegsten Daag de Arm dorvun richtich weh. Un egool, wo deip du jem dorbi al in de Ogen kickst, dor is jümmer een dorbi, de schreet: »Na? … immer schön in die Augen gukken dabei, sonst gibt das 7 Jahre schlechten Sex!« Dütmol keem dat vun'n Noverdisch, woneem ok sünst vun. Ik lach den Middelklassewogen un sien ›Begleitung‹ an un segg: »Och, lieber 7 Jahre schlechten Sex, als 7 Jahre keinen, nich? Prohoost!«

35

Nichtraucher!

Dat gifft dat jo woll nich, nu köst de Zigaretten bald 4 Euro! Wenn *dat* so wiet is, denn höör *ik* over mit dat Schmöken op! So, ode so ähnlich kunnst' dat höörn, as de Zigaretten noch 3 Euro kosten dään! Un egool, keen vun uns dat jüst wedder seggt, wi nickt all un denn griept wi all wedder to. Jeedeen rin in sien Schachtel un denn treckt wi alltohoop eerstmol wedder een dörch, en weet jo ni nich, wo lang 'n sik dat noch leisten kann.

Sabine schmöökt ehre Zigaretten jümmers blots bit to Hälfte op. Jümmer 'n halve ›Light‹, een vun de Sorte, wo du di ok jüst so goot 'n hitten Fön in Hals holen kannst, un wenn se de half dörchtrokken hett, denn drückt se de ut. Wiel se nix ekeliger finnen deit, as so'n to korten Zigarettenstummel twüschen Fruunfingers, seggt se.

»Dat kunn he nich«, seggt Ralf! »De schööne Zigarett!« Bi em weer dat jüst annersrüm. Je korter de Zigarett warrt, je schworer kann he sik vun ehr trennen. Un denn treckt he noch mol so düchdich, dat de Filter meist anfangt to brennen!

»Ja, ja«, segg ik, »Ralf, und im Filter sind die Vitamine, nich?« Ik sülvst bün jo eegentlich gor keen richtigen ›Raucher‹. Dorüm quäl ik mi ok nich jümmer mit den Gedanken, opletzt mol mit dat Schmöken optohöörn. Wiel dat nämlich jümmer wedder Momente gifft, wo ik genau weet, dat ik dat gor nich würklich bruken do.

In'n Tuch t.B., dor sett ik mi ni in't Rauchafdeel, dat bruuk ik överhaupt nich, dor goh ik blots röver, wenn ik mol een schmöken will.

Un ik mark dat doran, dat ik ovends ni nich noch mol rut gohn wörr, blots wiel mien Zigaretten nu all sünd, un ik villicht noch mol geern een schmöken worr.

Also wenn ik vörher allns, over ok würklich allns mit bevern Hann no Lüttgeld dörsöcht heff … also jeedeen Büx, jeedeen Jack, jeedeen Hanntasch, jeedeen Schuuvlood un jedet lüttje Sammelglas nokeken heff, of ik nich doch noch jichtenswo 4 Euro finnen kann … Mien Gott, denn nehm ik mi even de gröttste Schokolood, de ik noch finnen kann, un denn geiht dat ok mol ohn Zigaretten. Mannigmol sogor, ohn den halven Stumpen vun Regina, de sünst noch in'n Aschenbeker rüm liggt.

Ik segg jo jümmer: »Ina, Du büst woll de eenzigst Nichtraucher in Düütschland, de dat op *een* Schachtel an'n Daag bringt.

Nomen est Omen

Barbara is schwanger. Eennich. Barbara hett sik jümmer 'n Deern wünscht. Woso? Weet se ok nich, woll wiel se den Noom Eva so geern mag. Se wull al jümmer 'n lüttje Deern hebben, de Eva heet. Nu kriggt se over 'n Jung, un dat is eegentlich ok goot so: Wiel Brauni, also de Vadder vun dat Baby, de heet mit Nonoom Braun, wat je eerstmol 'n schöön' Nonoom is, over wenn Du nu 'n Deern kriggst, de unbedingt Eva heten schall un de Vadder heet over Braun! Dat kannst doch nich verantwoorten.

Un den Nonoom vun Barbara, den wull ok nüms hebben. Nichmol se sülvst. Dorüm heet se nu ok bald Braun un nich mehr Schrott. Un dat Baby warrt ok keen Schrott. Dat warrt nu ok 'n Braun. Also sitt wi mit Familie Braun bi't Eten un vör dat Thema överhaupt op jichtenswat anners komen kann, froog ik gau: »Und? Mmmhhh? Wie heißt er denn jetzt?« … Ik kunn Stünn dormit tobringen, no Nooms för ungeborene Babys to söken … bi jeedeen Vörschlag, den ik mook, kiek ik de Öllern groot an, üm blots nich een Sekunn' to ver-

passen, wenn se denn opletzt opspringt un roopt:
»Ja, Ina, das ist es, so soll es heißen!«

Sowiet sünd wi over noch nich! Koomisch is ok,
egool wat för'n Noom ik vörschlogen do, sofort
warrt doröver nodacht, wat för'n Ökelnoom de
annern Görn ut de Klass dor woll ut moken dot.
»Denn nennt em doch glieks Klausi«, segg ik,
»dor kannst nix mehr an kaputt moken, dat ›i‹ is
dor al binnen, un Klausi … wenn Klausi groot is
… wat freit de sik woll, dat he nich as Kevin dörch
de Gegend lopen mutt.«

»Ode wat is mit Hanno?«, froog ik! »Ode Bolko,
ode Janko, ode so?« Se sochen keen' Noom för'n
Jagthund, seggt Barbara, un nix wat to Noord-
düütsch is. »Ludwig«, segg ik! »Ina, bitte!«, seggt
se. »Helmut«, segg ik, »lässt sich auch nur ganz
schwer 'n ›i‹ hinten dran hängen.« – »Kommt in
die engere Auswahl«, seggt Brauni, »so heißt
nämlich mein Vater!« – »Meiner auch!«, seggt
Barbara. »Meiner auch!«, seggt mien Fründ.
»Brauni?«, froog ik Brauni, »wie heißt *du* eigent-
lich mit Vornamen?« – »Öööhhh Michael!«, seggt
he. »Ach«, segg ik, »sacht das auch mal einer?« –
»Nö«, seggt he. »Siehste …«, segg ik.

Op 'n Hund komen

In'n Momang heff ik veel Tiet dormit tobröcht, mien Fründin Regina to verstohn, de mi nu siet 'n half Johr dormit in de Ohrn liggt, dat se sik opletzt 'n Hund köpen will. Den Wunsch, seggt se, sik vun so'n truun Fründ dör't Leven begleiten to loten (un 'n mutt dorto seggen, Regina is Singel), de warrt jümmer grötter. Un denn fangt se wedder an, un vertellt mi, wo schöön dat an'n Morgen weer, wenn se mit so'n Hund Joggen gohn kann ...

»Stooop«, segg ik, »Regina, du schafft dat jo noch nich mol ohn Hund an'n Morgen vör de Döör, vun't Joggen will ik hier gor nich eerst schnakken!«

»Ja«, seggt se, »over mit so'n Hund, dor müss se jo denn rut ...«

Ik segg: »Regina, du bruukst wat to'n Schnacken op 2 Been, so'n Hund, de hett doch 'n veel to lütten ›Wortschatz‹, de kann di keen richtigen Fründ ween.« Ok weet ik je, dat Regina Hunnen eegentlich blots vun'n wieden ganz sööt find'. Wenn ehr mol so'n Hund anspringt, denn bölkt se jümmers glieks »Oh, meine Hose« ode »Ih, der stinkt, nimm den weg« … un annerdoogs heff ik sogor sehn, as se mit'n Foot den lütten Hund vun Ralf (de jo ok jümmer noch Singel is, ik meen Ralf, nich sien' Hund, ode beter seggt, eegentlich sünd se beide Singels, Ralf un sien Hund) … öhhh, wat wull ik seggen, ja genau, wo se mit'n Foot den lütten Hund vun Ralf so fies vun't Sofa keult hett, dat den armen Köter dat quer över't Parkett schleit. »Was hat er denn«, froogt se schienheilich, as Ralf un ik jüst in den Momang wedder in de Döör stoht.

Sowat hinterfotziges kenn ik eegentlich blots vun mi, over ik dröff dat ok, ik will jo ok keen' Hund hebben!

»Ich hab ihn«, bölkt se güstern in't Telefon, »Oskar heißt er, komm, wir gehen spazieren!«

»Neiiinnn«, segg ik, »Regina, dor musst du schöön alleen dör. Ik mag nich dorbi ween, wenn dien niegen Fründ dat eerste mol so richtich op'n Footpadd kackt, un du denn mit dien manikürten Fingernogels düssen handwarmen Hopen in den Gassibüddel befördern muss.«

Ofschoonst, ik mutt ganz ehrlich seggen, ehr Gesicht, dat harr ik dorbi jo to geern sehn, over op dat »Iiiiihhhh, ich kann das nicht, mach du das mal«, dor kann'k goot op verzichten.

Fruunsauna

Wenn du di mit dien Fründin mol wedder so richtich utquatschen wullt, denn droop di doch eenfach mol mit ehr in de Sauna ... mh?

Dat mookt se nu veel, de Fruuns.

Nix mehr mit entspannen, Seele bummeln loten, nix sehn un nix höörn, ode eenfach mol de Klapp holen. Nein!

Dat weer mol! Dat is nu vörbi!

In mien Sauna, woneem ik jümmer hengoh, dor hebbt se nu sogor extra 'n Sabbel-Sauna rin buut, in de du eenfach wieder quatschen kannst, ohn dat di dorbi schwindelich warrt. Bio-Sauna nöömt se dat. In so'n Bio-Sauna, dor loot se nu so'n beten farbiget Licht hen-un herhüppen, as in de Disco, un de Temperatur, de geiht dor ni nich över 50–60° C.

Bi 90° C, in so'n finnische Sauna, wenn du dor dörsabbeln deist, ohn Luft to holen, du, dor kannst al mol gau een an'ne Klatsche kriegen.

Over 50–60° C, dor bruukst du di nich mol mehr koolt afduschen dorno. Wiel, woneem nix richtich hitt warrt, dor bruukst jo ok nix wedder koolt to moken. Mi wunnert blots, dat se nich noch dat Danzen anfangt, bi dat Licht! »Gaaanz angenehm«, höör ik de Fruuns nevenan seggen, denn isoleert hebbt se de Wand twüschen de Finnische un de Sabbel-Sauna nich. Dropen doot wi uns denn all tohoop in'n ›Ruheraum‹, un dorvun gifft dat man leider blots een.

›Ruheraum‹ heet jo eegentlich, rin komen, sik hen packen, un eenfach mol den Boort holen. De Fruuns hier in mien Sauna dinkt over, dat heet ›Ruheraum‹, wiel se hier opletzt mol allens in Roh vertellen köönt, wat jem so op de Lebber rümliggt.

Wat för mi heten deit, dat ik nu nich blots in'n Tuch un in'ne U-Bohn, sünnern nu ok in de Sauna mit Ohropax rümsitten do!

Also, wenn ji jo mol wedder mit jo Fründin so richtich utquatschen wüllt – rin in miene ›Frauensauna‹, ode in't Kino.

Kino geiht ok goot, dat is villicht sogor noch schööner, dor kannst du nich blots quatschen, sünnern di ok noch 'n Beer un örnich wat to Knabbern mit rinnehm. Musst blots kieken, dat du dor nich so'n luden Action-Film foot kriggst, dor kummst jo nich gegenan.

Angst

Ik kann nix dorför, over bilütten warr ik doch 'n beten wat sensibel! Eegentlich weer dat fröher blots de Angst vör't Flegen.

Nu is dat over ok al bi't Tuchföhrn un ok bi't Autoföhrn ganz schlimm. Ik glööv, ik heff dor al richtich een an'ne Klatsche!

De schlimmste Momang is, wenn mi de Fruu an den Schalter froogt, woneem ik denn sitten mag? Ahhhhh …

Un denn warr ik jümmer ganz wunnerlich!

Bi't Inchecken in'n Fleger is dat an'n Schlimmsten. Woneem nu sitten? Lever ganz vörn ode lever ganz achtern?

Wenn so'n Fleger nu mol dörbrickt! Eenfach so inne Midd dörbrickt, seggt wi mol: Materialermüdung! Denn is jüst inne Midd sitten nämlich blööd! Denn doch lever ganz vörn, dor hest du den Piloten tominnst noch mit in dien Hälfte vun'n Fleger sitten, ok wenn he mit 'n halven Fleger nich mehr veel moken kann, over ganz achtern sitten is jo nu richtich blööd. Mit den achtersten Deel vun so'n Fleger fallst du nämlich denn trüchwarts no de Eer to. Un trüchwarts, dor warrt mi nämlich jümmers so slecht.

Dat geiht mi in Tuch ok so! Dor mutt ik ok jümmers in Fohrtrichtung sitten dormit mi nich slecht warrt! Un in'n Tuch weet ik ok ni nich, stieg ik nu lever ganz achtern in, blots wenn uns denn en achtern ropföhrt? Denn is achtern sitten slecht! Stieg ik over nu vörn in, un wi föhrt bi en achterrop, denn is vörn sitten slecht. Un wenn de Tuch nu ümkippt, kippt de woll no rechts ode no links? Un fallt de ganzen Lüüd, de op de anner Siet sitten dot, denn all op mi rop?

Un wenn ik de Tuchfohrt denn överstohn heff un ik stoh vör't Taxi! Vörn rin ode achtern? Bi'n Auffahrunfall is vörn nämlich slecht! Föhrt uns en achtern rop is achtern slecht! Over wat is mit rechts vör links? Wenn uns nu en in de Siet rinknallt? An'n sekersten is doch vörn op de Handbrems sitten, dat mag ik den Taxifohrer over nich frogen.

Also achtern rin un denn in de Midd ... dat is goot, dor föhl ik mi denn so eenigermoten seker! Dor kann denn blots noch wat vun boven koom'! De achterste Deel vun so 'n Fleger villicht! Aaaaahhh ...

Frogen kost nix

Woso heet dat eegentlich jümmer ›Frogen kost nix‹? Dat stimmt doch nich. Wenn 'n nett frogen deit, un denn 'n dumme Antwoort kriggt, dennso kost mi dat 'n Barg Nerven. Un wiel ik för sowat keen Nerven mehr över heff, heff ik mi 'n niege Strategie överleggt! De hett ok 'n Tietlang ganz goot funkschioneert, bit ik dat woll 'n beten överdreven heff. Annerdoogs, as ik in Urlaub weer.

Een Week Sylt, op 'n lesten Drücker bucht, wiel mi dat in München to hitt weer.

Bi'n Inchecken in't Hotel harrn se mi al seggt, dat dat man blots bit Klock 10 Fröhstück gifft. Oh, segg ik, dat is over slecht, (un Achtung nu kummt mien niege Strategie) ik bün Diabetikerin, un ik dröff mien eersten ›Broteinheiten‹ eerst Klock 11 to mi nehmen. Of se dor bi mi nich 'n lüttje Utnohm moken kunnen (dacht heff ik: … ik heff Urlaub, du blöde Zech, dor will ik doch nich Klock 8 al opstohn, dormit ik hier in jon Schuppen ok wat twüschen de Tään krieg).

»Aber natürlich, Frau Müller«, seggt se, »kein

Problem Frau Müller, das regeln wir, ist 11 Uhr frühstücken für Sie ok?«

»Ja«, segg ik mit 'n zittrige Stimm.

Dat Zimmer weer ganz o. k., blots de fiesen, olen, over vör allen Dingen, hässlichen Läufers, de dor rümlegen, de weern nich uttoholen. Ik goh also rünner un segg, dat ik 'n ›Hausstauballergie‹ heff, un of se nich villicht de Läufers ut mien Zimmer nehmen kunnen? Un wiel di nüms wat afschlogen deit, wenn du krank büst, seggt se: »Sofort Frau Müller – kein Problem Frau Müller«, un keen fief Minuten loter sünd de Dinger weg. Korte Tiet dorno kloppt dat an de Döör. Se wull blots frogen, of ik denn nich villicht lever 'n ›Nichtraucherzimmer‹ hebben wull … un wo ik dor nu so mit mien Zigarett in de Hand vör ehr stünn, segg ik: »Och, dat weer woll wat beter ween, over nu harr ik jo allens al utpackt, un in Zigaretten, roop ik ehr noch achterno, weer jo ok keen ›Haustaub‹ binn, un keen Insulin … un so …

Se harr sik nämlich al ümdreiht un gung eenfach weg, sogor ohn ehr typischet ›Hotelfachfrauenlächeln‹. Ups! Mien Strategie wackelt, dink ik noch so, as ik nomeddoogs in't Cafe sitt un 'n örnich Stück Torte verputzen do. »Hallo, Frau Müller«, röppt dat achter mi, »schmeckt's denn?«

»Öh, … mmmhhh, hallo, Frau Hotelfachfa…, ja, gannfff prima«, kunn ik jüst noch dör mien' dicken Klumpen Sahne rutquetschen, den ik in'n Mund harr. Mien Kopp worr vör Pienlichkeit so hitt un root, dat de Sahne mi man so den Hals dol leep.

»FFFeifffeeee«, segg ik noch, nich ohn mi over wieder Gedanken dor över to moken, wo ik dat Morgen woll anstellen kunn, dat ik morgens keen helle, sünnern düstere Brötchen to'n Fröhstück krieg. Genau! Weißmehlallergie! Dat is goot … dat segg ik!

As ik an'n neegsten Morgen Klock 11 vör mien lerrigen Fröhstücksdisch seet, sehg ik jüst noch den Hotelpagen mit twee Läufers ünnern Arm in de Richt vun mien Zimmer lopen.

Over de Zeitung harrn se mi henpackt. Grote Överschrift: Allergien und Grunderkrankungen nehmen in Deutschland drastisch zu!

De Seele bummeln loten!

Ik sitt an'ne Oostsee in'n Sand, dicht bi Laboe, de Klock is 5, un dat »warrt woll den lesten warmen Daag« hier in'n Noorden, höör ik dat ut so'n lüttje Sandkuhl rut, de direkt blangen mien lüttje Sandkuhl weer. Un denn stiggt ut düsse Sandkuhl blangenan een lüttjen, dicken, splitternokten Mann vun, na, wat mag de ween hebben, 70 Johr rut, strooft mi mit sienen »hier is aber FKK«-Blick eerstmol af, wiel ik nu mit Büx un Pullover in'ne Sandkuhl liggen do, un denn putschert he los, sien Hann harr he achtern op'n Puckel to liggen, un denn blifft he direktemang an't Woter stohn, un röögt sik vun do an nich mehr.

»Guck ma, Elli, wie schön der Fritz hier seine Seele baumeln lassen kann«, kummt dat vun blangenan ut de Kuhl.

»Och«, dink ik, »naja, Seele?« En kann bi Fritz jo nu eeniget sehn, wat dor an't Bummeln is, ik segg blots ›let him swing‹, over nu jüst sien Seele? Ik kiek mi Fritz nu over doch 'n beten wat genauer an, over bi'n besten Willen, wo süht se dat, dat sien Seele nu jüst bummel deit?

Un woneem sitt bi Fritz de Seele?

In'n Kopp? In'n Buuk? In'ne Fööt? Woneem süht se dat? Ik sehg nix! Over ik sehg bi sowat sowieso jümmer nix!

Ik sehg ok jümmer nix, wenn mi een seggt, »Du, ich hab jetzt meine Mitte gefunden…!« De Midde vun wat? Wo sitt de denn nu wedder? Un woto bruukt 'n de?

Un woso jüst de ›Mitte‹? Woso söökt se nich jehr … wat weet ik … jehr ›rechts aussen‹, ode sowat?

As Fritz wedder trüchputschert kummt, un ik em vun vörn sehg, bün ik mit sien Seele man jümmer noch nich wieder, sien Midde, de kann ik mi nu meist dinken, over as Fritz denn seggt, dat he hier an de Oostsee mol so richtich afschalten kann, dor mookt he mi ganz wunnerlich. Wo mookt he dat denn nu wedder? Sik afschalten? Un denn loot ik mi ganz sinnich no achtern fallen, geneet de lesten warmen Sünnstrohlen, un stell mi vör, wo Elli ehrn Wiesfinger in Fritz sien Buuknovel drückt un seggt: »So, Fritz, ich hab Dich mal eben kurz wieder eingeschaltet. Trude und ich haben Durst, hol ma was zu trinken.«

Frau Help

Dat gifft jo so Fruun, de stoht morgens op un seht goot ut. Dat sünd so de ›Morgenschönen‹. De haut sik 'n Hand vull Woter in't Gesicht, sett sik an Fröhstücksdisch un seht frischer ut as de Morgen an sik. Un denn gifft dat so Fruun, de seht morgens ut as ik! Ogen as 'n Muulworp, un de Hoor, de utseht, as harr sik de Muulworp ok noch de ganze Nacht dör de Eer buddelt.

Eerst meddogs kann'n bi mi sehn, dat ik doch Ogen heff un ovends, wenn ik an de ›Morgenschönen‹ meist ran koom, denn goh ik ok al wedder to Bett.

Over worüm vertell ik dat? Wiel sik de Muulworp annerdoogs, morgens Klock 9, ut sien Hotelzimmer utsparrt hett. Ik weer rut ut'n Bett, rin in den veel to groten Bodemantel un an de Fööt de Frotteepuschen in Grötte 45, un boven de Kopp de sehg ut as ... as ik al seggt heff. Ik wull gau rünner in'n Keller, denn dor harr dat gläserne, schniedeliege Hotel 'n Schwimmbecken. Un wenn dor al mol sowat is, denn mütt'n dat ok utnutzen, dink ik so, as ik vör den Fohrstohl stoh un mark, dat ik mien' Schlötel in't Zimmer vergeten harr. De Fohrstohl funkschioneer nämlich blots mit düssen Schlötel, un ohn Fohrstohl kummst du noch nich mol rünner in'n Keller. As ik jüst anfang to överleggen, wo ik an den Schlötel koom, ohn dat mi hier en süht, löppt de eerste groote Schwung frischraseerte, dynamische Geschäftsmänne an mi vörbi. Ik kunn nich no boven, ik kunn nich no ünnen, un in de Empfangshalle kunn ik mi so al gor nich sehn loten. Lever doot, as so no de Rezeptioon hin.

Un denn löppt ok al den neegste Schwung vun de Frischraseerten an mi vörbi. »Guten Morgen«, seggt 5 vun de 10 un lacht sik en. Nee, dink ik, lever doot, as hier noch den neegsten Pulk aftöven. In den Momang kümmt miene Rettung üm de Eck schoten. Ik loop ehr al in de Mööt un roop: »Help, please Help! ... Ich hab' mich ausgesperrt!« Un denn vertell ik ehr gau, wat mi passeert is, un se seggt, dat se mi den Schlötel vun de Rezeptioon hoolt ... un dat ik man lever hier töven schull, so as ik utsehg!

»Guten Morgen!«, seggt de neegste Pulk.

Schüttkoppen kummt se wedder üm de Eck schoten. »Tut mir leid«, seggt se, »aber wir haben Sie hier nicht gebucht!« – »Nee«, segg ik, »Sie wissen ja auch gar nicht wie ich heiß!« – »Doch!«, seggt se, »Frau Help ... oder nich? ... haben Sie doch gesagt!«

»Nice to meat you«

Ik sitt mol wedder ganz alleen in de Sauna, jichtenswo in'n Keller vun so'n Hotel merrn in Mainz. Ik mook jüst de Ogen dicht un stell mi vör, ik bün Tina Onassis, un de ganze Sauna-Kumplex mit dat Schwimmbad hööört mi ganz alleen. Un över mi is keen Hotel, över mi is mien bannig groote Villa, woneem mien Angestellten jüst dorbi sünd, 'n mediteranet Middageten för mi to moken, as de Döör vun de Sauna opgeiht un 'n dicken, roothoorigen Mann rinkummt.

Naja, dink ik, denn even nich! Un wiel he keen Wiendruven un ok keen Champagner dorbi harr, un he mi over ok rein äußerlich nich to'n Wiederdrömen anregen dä, weer mien Saunagang op'n Schlach to end, vör ik noch beleven müss, wo he sik den Schweet rechts un links vun de Arms schleit un sik dorno mit de Hann' över sien' verschweten Buuk wischt!

Wat 'n Glück, ik harr jo *mien* Schwimmbecken, dink ik, treck mien Bodeantoch an, versöök mi 'n beten as Tina Onassis to bewegen un schwubbel los. Dat duur man keen 5 Minuten un de dicke, roothoorige Mann kummt un hüppt so sportlich in dat Becken, dat ik al mol kiek, woneem de Schlauch is to'n Woter nogeeten. Nu warrt mi dat over doch 'n beten unheemlich, so alleen hier mit em in'n Keller vun so'n Hotel, un as ik keen Schlauch sehn kunn, kiek ik mol, of ik nich jichtenswo 'n Överwachungskamera finnen kann.

Ik heff dat Bild al vör mi, wo he mi hier vun achtern in't Woter an't Würgen is, un de Fruu an de Rezeption sitt mit'n Rüch to'n Bildscherm un itt ehrn Joghurt.

Over nix, keen Schlauch, keen Kamera ...

»So«, segg ik to mi sülvst, »wenn he di anschnakken deit, denn deist du so, as of du em nich verstohn kannst! Los Ina, schwimm ganz ruhich wieder, Du büst ... 'n Ingländerin, dat is goot!« Blots, anstatts mi antoschnacken, rummst he mi as so'n dicke Boje vun de Siet an, wiel dat Schwimmbecken nu mol nich so groot is, as dat vun Tina Onassis mol weer, un denn seggt he »Oh«, un ik segg »doesn't matter«, un he lacht un froogt »oh, you are from Ingland?« un ik segg »Ne, ...öh ...yes, doch, I mean yes, from Ingland.« – »Oh, that's funny«, seggt he, »I'm from Ingland too«, un denn stellt he sik op sien groote inglische Fööt un höllt mi sien grote inglische Hand hin un seggt, »Simon Walker, nice to meet you!«

Un Äkschoooon ...

Ik heff to'n eersten Mol bi'n Film mitmookt. Bi'n richtigen Kinofilm. ›Gastrolle‹ nöömt se dat. 10 Sätze un 'n poor Leeder schull ik seggen un singen. ›6 Drehtage‹ schull dat duurn. Un as ik den ›1. Drehtag‹ rüm harr, dor wüss ik ok worüm.

Ik müss den eersten Daag genau 1 Satz seggen, nämlich: »Was wollt ihr?« Se hebbt mi over al Klock 7 ut'n Hotel afhoolt.

Nu heff ik jümmer dacht, du stellst di hen, de Regisseur seggt luut »uuund ÄÄÄkschooon«, un ik segg »Was wollt ihr«, un denn seggt de Regisseur »uuund Dankö, das ist im Kasten!« Over vunwegen!

Toeerst gifft dat 'n ›Stellprobe‹, dor warrt di ganz genau seggt, woneem du stohn musst, un woveel Schritte du denn gohn musst. Un wiel du jo nich no ünnen kieken dröffst, wenn du »Was wollt ihr« seggst (ik schull den Satz jo nich to mien Fööt seggen), packt se di so Sandsäck vör de Fööt, un wenn du dor gegen kummst, weetst du ›Oh, hier mutt ik stohn blieven‹, wenn du dor nich vörher al över fullen büst!

55

Denn kleevt se di Filz ünner de Schöh, dormit een de Schritte nich hüürt. Denn koomt 3 Fruuns: De eerste pudert di dat Gesicht af, de tweete zubbelt di de Hoor trecht, un de drütte … un dat weer jümmer dat Schlimmste, de höllt di 'n Föhn ünner de Arms un föhnt di de Schweetplackens dröch.

De Klock weer 3, as de Aufnahmeleiter to'n eersten Mol reep: »Die Darstellerinnen bitte auf die Plätze!«

»Darstellerinnen auf die Plätze«, dat höört sik jümmer an as so'n Mischung ut Pornodarstellerin un Sportlerin auf die Plätze, ferdich, los … Denn kummt de Regisseur un vertellt di genau, wo dien Haltung ween mutt, wenn du den Satz »Was wollt ihr« seggst. In de Tiet, wo he di dat genau verkloort, warrt dat Licht inricht.

De Schienwerfer kummt dörch dat Finster, dormit dat so utsüüht, as of buten de Sünn schient. Un vun rechts kummt de Nevelmaschien, üm düssen Hamilton-Effekt to kriegen. »Dunst«, röppt de Kameramann jümmerto, »ich brauch mehr Dunst!« Nu goh ik tohoop mit mien niege Haltung trüch op mien Platz un wi mookt 'n Ton-Probe! Över mi bummelt nu dat Mikrophon, dat se hier an ›Set‹ over jümmer blots ›Gurke‹ nöömt. Eerstan heff ik dacht, se meent mi dormit, over as de Kameramann reep: »Die Gurke muss höher, die is im Bild, und Dunst, ich brauch mehr Dunst!«, dor wuss ik, dat ik nich meent weer.

»Was wollt ihr, was wollt ihr«, goh ik mien Text noch mol dörch.

»Die Gurke kann nich höher, sons hörn wa hier nix mehr«, röppt de Tonmann. »Und Filz, klebt ihr mehr Filz drunter, die stampft ja wie 'n Pferd.« Oh, dor weer ik over nu woll doch mit meent. Pferd! Utverschoomt!

Twüschendörch kummt jümmer wedder de Regisseur bi mi vörbi un froogt, of ik mien Haltung noch harr, ode of he de mit mi noch mol dörchgohn schull, un vör ik antwoorten kunn, röppt he »Marianne, hier, Schweiß … los, fönen!«

»Achtung, Ruhe am Set, wir drehn …« Na, endlich, dink ik, un bün nu sogor 'n beten nervös.

»Kamera ab«, seggt de Regie – »Kamera läuft«, seggt de Kamermann. »Ton ab«, seggt de Regie – »Ton läuft«, seggt de Tonmann. »Was wollt ihr!«, segg ik … »Stoooooooop …«, röppt de Regie, »Ina«, seggt he, »bitte auf mein ›uuuund bitte‹ warten, und die Klappe war auch noch nicht da, verdammt!«

»Ach so«, segg ik, un hööp, dat he mien Schweetplackens nich süht.

»Alles auf Anfang«, seggt he, »Kamera ab.« – »Kamera läuft«, seggt de Kameramann …

Naja, dink ik, Jungs, wenn mi de Film ok sünst nich veel bringt, over mien ›Haltung‹ dorto, de heff ik funnen.

Nicole

»Guten Tag, meine Damen und Herren! Mein Name ist Nicole Heitmann und ich bin heute Ihre Kapitänin auf dem Flug von Bonn nach München!« Hhhhhhhhhhhhhhhh … ohhhhhh … – nein, dink ik, un ik mark al, wo nich blots ik, sünnern ok all de annern üm mi rüm deip Luft hoolt un eerstmol sinnich dool schluckt! Dat harrn se uns doch vörher seggen müsst, dinkt wi all in'n kollektiv, ohn dat dat een vun uns luut seggen dä! Nicole flüggt uns nu also no Huus! Nicole!
Minsch harr de nich weenigsten Marianne ode Gisela ode Herta heeten kunnt! Dennso harrn wi al mol wüsst, dat de al wat öller is. Un dat de al foken mol flogen is, un dat de Erfohrung hett un överhaupt, dat de weet, wo de Homer hangt! Over Nicole! Keen Nicole heet, de is doch hööchstens – wat weet ik – Anfang 30!
Ik wull mi jüst de Stewardeß griepen un ehr frogen, wo old Nicole woll is, un wat se woll för'n Typ is? Of de blond is un of de sik de Fingernogels anmohlt … un denn fang ik over noch jüst rechtiedich an mi to schomen!

Ina! Du büst nu sülvst 'n Fruu! Wo kannst Du blots sowat dinken? Un denn krieg ik eerstmol vun mi sülvst örnich een op'n Deckel! Hhhhhhhhhhhhhhhh ... Süh, de Fleger wackelt over doch mehr as sünst! Also ohn nu ›frauenfeindlich‹ to sien, over dat wackelt würklich mehr as sünst! Ode villicht wackelt dat sünst jüst so, over denn heff ik vörher ok de ruhige un sonore Stimm vun ›Kapitän Hans Baumann‹ höört! Hans! Dat is 'n soliden Noom! Un keen 'n soliden Noom hett, de flüggt ok solide! Hans vertellt uns jümmer 'n beten wat över dat Weder, will uns dormit over eegentlich seggen: »Ladies, hört zu, egal was heut passiert, ich hab den Vogel hier unter Kontrolle, und wenn was ist, Hans rettet Euch!«
Un nu sitt dor vörn so 'ne Nicole rüm! Un wat is, wenn mit Nicole mol de Hormone dör goht? Wenn de nu mol premenstruell is? Ik meen, dat kennt wi Fruun doch nu all vun uns sülvst! Denn fangt Nicole womööglich noch an un putzt de Finsters in't Cockpit, anstatts sik op dat Flegen to kunzentreern!
Ik höör al ehre Dörchsage: »... So, hier spricht noch mal Ihre Kapitänin. Wir sind da! Steigen Sie bitte zügig aus, und nehmen Sie Ihren Müll mit ... ich wisch hier gleich noch durch!«

Mien Putzmann!

»Nimm dir doch 'ne Putzfrau«, hebbt se jümmer all seggt, wenn ik mol wedder an't Klogen weer, dat ik mien Huusarbeid nich schaffen do. Ik heff dat Geföhl, Putzfruuns sünd örnich in Mode koomen. Eegentlich hebbt se all eene, blots för mi weer dat bitherto noch ni 'n Thema. För mi weer Putzen jümmer so 'n Ort ›Autogenes Training‹.

Wenn ik mit 'n Stuffsuger, ode as mien Papa jümmer seggen dä, mit 'n Huulbessen dörch de Wohnung trecken kunn weer dat för mi de beste Ort Agressionen aftobuun.

Siet 'n poor Moond heff ik over keen Tiet mehr för ›Autogenes Training‹ un dat kannst' bi mi in'n Huus goot sehn.

Allns hett sik an den Dag ännert, as Sabine, de nu leider siet 1½ Johr arbeitslos is, mi vertellen dä, dat se nu ok eennich 'n Putzfruu funnen harr. Sabine geiht dat finanziell teemlich wat slecht, over ehre Putzfruu geiht dat finanziell noch wat slechter, seggt Sabine. Un blots dorüm harr se överhaupt eene. So dink ik, Sabine du fuulet Ding, nu will ik ok eene. In de Zeitung stunn 'n Anzeig: »Junger

Mann sucht Tätigkeit im Haushalt, 3 bis 5 Std. die Woche; Zuverlässigkeit und Erfahrung werden mitgebracht« un denn de Telefoonnummer. Toeerst wüss ik nich so recht, of de Anzeige nich villicht in de falsche Rubrik rinrutscht weer. Of de nich villicht beter in de Rubrik ›Gays in Deiner Umgebung warten auf Dich‹ höörn dä? 'N poor Stunnen loter seet he mi gegenöver. Mien Putzmann. Mien Uwe. Un vendoog much ik em nich mehr missen. He heegt un pleegt mien Butze. Un wenn ik dor bün un an'n Schrievdisch sitten do, denn pleegt he mi noch mit. He kookt, he bügelt un mannigmol höör ik em schimpen »Mensch, Frau Müller, was hasse da denn wieder gemacht« un denn fangt dat ok al an to pultern.

Wenn he ferdich is, denn mutt ik mit em dör de Wohnung gohn un allns ankieken, wat he putzt hett. Un denn stellt he sik vör mi hen un froogt: »Und, Schatz, wie war ich?«

Un eennich, eennich kann ik op düsse typische, ansünsten meist postsexuelle Männefroog mol ganz ehrlich antworten: »Großartig, Üv', du bist der Größte!«

De Dokter in'n Blaumann!

Mien Waschmaschien is krank! Jichtenswo is de inkontinent! Bi jeedeen Waschen verleert se Woter. Se mookt, as en so seggt, ünner sik. Mol weniger, mol wat mehr un wiel ik nu al siet 'n poor Weken jeedeenmol bi't Waschen dorvör sitten do un rutfinnen will, woneem woll dat Woter her kümmt, un ik mien Kneen düsse ›würdelose Haltung‹ nich länger andoon will, roop ik den ambulanten Plege- ode beter seggt Wartungsdeenst ode noch beter seggt Kundendeenst an. Schüllt de sik doch den Kneen ruineern.

An't Telefon wullen se al mol allns genau över mien Maschien weten: wo olt se woll is, wat se woll för'n Typ is, wat för Kinnerkrankheiten se al hatt hett un wo foken ik mit ehr bi de Vörsorge ween bün?

Ik mutt nu dorto seggen, dat ik mi vör bummelig 5 Johr den Porsche ünner de Waschmaschiens köfft heff. Wiel mien ole Middelklasse-Maschien dat dreemol schafft harr, mi de kumplette Bude ünner Woter to setten. ›Bei guter Pflege‹, hebbt se domols seggt, ›können Sie mit der Maschine zusammen alt werden.‹ Dorför harr ik mi twors lever 'n Mann söcht, over, naja …

As ik jüst versöök ruttofinnen, wo sik dat anföhlt mit so 'n Maschien to schmusen, pingelt dat an de Döör.

De Waschmaschien-Dokter is dor. He dricht twors keenen witten, over dorför 'n blitzsauberen blauen Kiddel, un fangt glieks an, de ganze Maschien uteenannertonehmen.

Dat duurt nich lang, dor höllt he mi so'n lüttjet Plastikding ünner de Nääs.

»Huuuuch«, segg ik, »dat süht jo ut as 'n Blinddarm.«

»Is aber 'n Einfüllkastenstutzen«, seggt he un kickt mi eernst an.

»Isses was Schlimmes?«, froog ik, »müssen wir sie einschläfern lassen?«

»Waschmaschinen lässt man nicht einschläfern«, seggt he, »die schmeißt man in'n Wald« … »Ach so«, segg ik.

»Is 'n Routineeingriff«, seggt he, »das ha'm wir gleich.« Denn buut he 'n niegen Spöölkasten in, un de Maschien (ton Glück) wedder tosomen, un denn fummelt he noch 'n beten hier un dor rüm, un denn gifft he den kumpletten OP-Bericht in sien Computer in, druckt em ut, drückt mi den Zeddel in de Hand, un mi dröppt meist de Schlag! 381 Euro steiht dor! 381 Euro!

För dat Geld harr he over doch tominnst 'n OP-Schwester mitbringen kunnt, de mi den ›Schock-Sweet‹ vun de Stirn tuppt harr. Minsch, dat heff ik nich wusst, dat mien Waschmaschien privot versekert is!!!

Mien Schloopzimmerschrank-
wandspegel un ik!

In't Märchen hett domols de Königin ehrn Spegel
froogt, keen woll nu de Schöönste is in't ganze
Land. Un de Spegel hett denn jümmer sowat seggt
as: »Och, du natürlich, Königin!« Over man blots
hier! Wiel »das Schneewittchen da hinter den sie-
ben Bergen, bei den sieben Zwergen ...«, ji kennt
dat all.
Nu bün ik keen Königin, un Schöönheit is jo so
fürchterlich subjektiv, over as ik annerdoogs mol
wedder stünn un mien Büx nich dicht kreeg, dor
heff ik mien Spegel denn doch mol froogt: »Spieg-
lein, Spieglein in de Schloopzimmerschrankwand,
bün ik womööglich de eenzigst, de jümmer dicker
warrt in uns Land?«
Un weet ji, wat mien Schrankwandspegel seggen
dä? »Ach, Ina, du warrst woll jümmer 'n beten wat
dicker, dat mutt ik ok seggen, over dat gifft Min-
schen, de sünd noch veel, veel dicker as Du!«
Ik sett mi still op mien Bett, nich ohn tovör mien
Büx wedder open to moken, deep Luft to holen
un mi to wunnern. »Alleen in Ameriko«, vertellt
mien Spegel nu wieder, »warrt jeedeen Johr

300 000 Minschen vun ehr eegen Fett dootdrückt! Veele hebbt mit 30 al ›Altersdiabetis‹!«

»HHHhhhhhh«, mook ik, un, »Wo kummt dat denn?«, froog ik.

»Ja«, seggt mien Spegel, »wiel de Portionen vun dat ganze fiese un fettige Fast-Food-Eten jümmer grötter warrt. Fröher hett so'n Pommes bi Mac Dingens mol 200 Kalorien hatt, vendoog sünd dat 3 mol so veel. Ode kiek di doch uns Ies an. Fröher weer so'n Kugel so groot as 'n Tischtennisball, vendoog is de so groot as 'n Tennisball, un dat duurt nich mehr lang, dennso kannst du so'n Kugel nich mehr alleen dregen. Ode de Popkorn-Portionen, wenn du in't Kino geihst …«

»Genau«, segg ik, »dat is mi ok opfullen, 'n groten Ammer vull Popkorn freten, over denn 'n Cola-Light dorto …«

Mien Spegel lacht un seggt: »De Kinosessels sünd in de lesten 20 Johr jo ok nich ümsünst 12 cm breder worrn. Un een vun de Fettsuchtforschers«, seggt he, »de hett nu sogor rutfunnen, dat in 50 Johr all de Amerikoners ›fettleibig‹ sünd.«

»Och«, segg ik, »dat is doch ok goot so, dennso warrt tominnst nüms mehr diskrimineert, un dennso is dat vörbi mit ›seh ich dicker geworden aus‹ un so.«

»Genau«, seggt mien Spegel, »un keen hett eegentlich seggt, dat platzen nich 'n schönen Doot ween kann!«

Meerschweinchen sünd ›out‹

Vendoog steiht 'n groten LKW vör de Döör un belevert de Zoohandlung, ode as ik jümmer segg, den Meerschweinchenloden, de ünnen bi mi in't Huus is, mit Aquarien.

'n Barg Aquarien sünd se an't rinschlepen, un ik bruuk man blots 1 un 1 tohooptellen, un dor heff ik in'n Momang jüst mol Tiet dorto, dennso weet ik ok, dat in düsse Aquarien nich de Meerschweinchen rinkoomt.

In't Kino löppt ›Nemo‹ un Wiehnachten steiht vör de Döör. Meist jeedeen Kind in Düütschland wünscht sik to Wiehnachten so'n orangen Fisch mit so witte Striepen, so'n echten ›Nemo‹ even. De Meerschweinchen, de stoht sik dor in den Loden woll nu de Fööt platt ... de will nüms hebben ... dat is bi ›Nemo‹ anners.

1. Hett so'n Fisch keen Fööt, un 2. warrt nu vör Wiehnachten 2/3 mehr Zierfische köfft un verschenkt as sünst. Se koomt mit dat Züchten gor nich achteran. Dat weer fröher eenfacher. Wenn fröher ›Bambi‹ in't Kino leep, dennso keemen de Kinner gor nich eerst op den Gedanken, sik so'n

Riesenviech to wünschen. ›Bambi‹ kunn 'n nu mol nich köpen. Ok dat is bi ›Nemo‹ anners. ›Nemo‹ is sogor so handlich, dat veele vun de Kinner ehr Fisch eenfach in't Klo schmiet, wiel se wüllt, dat he wedder free is un trüch in't Meer schwimmt, so as in den Film.

Un wiel Kinner nu mol Kinner sünd, köönt se je ok nich weten, dat twüschen ehr Klo un dat groote, wiede Meer noch de düütsche Kanalisation liggt. Dor flutscht ›Nemo‹ nämlich nich eenfach so dör, as se dat in den Film wiest, sünnern he blifft dor tosomen mit all de annern Nemos un 'n örnichen Batzen vun bruukte Hygieneartikel in dat neegste Fanggitter hangen un krepiert dor elennich.

Over villicht is dat jo sogor ok de beste Lösung. So'n Aquarium lett sik nämlich nich eenfach in'n neegsten Sommer, op'n Weg in'n Urlaub, an de Autobohn utsetten. Dor harr de düütsche Vadder, de sien 9 johrige Dochder an de italiensche Adriaküst utsett hett, dat lichter. De Deern müss he nich mol fastbinnen, de is dor eenfach an de Bushaltesteed, woneem he ehr rutschmeten hett, so lang sitten bleven, bit de Polizei koomen is. So rein tofällich harr de Lüttje 'n Visitenkort vun Oma un Opa bi sik un so kunnen de beiden ehr afholen. Mama leeg in't Krankenhuus un Papa harr nu mol op 'n Stutz ümdisponeert un wull nu doch lever mit sien niege Fründin in'n Urlaub fohrn.

Dat duurt nich mehr lang, dennso höör ik den eersten seggen: »Du, und das ist unsere Tochter Melanie, die ist uns im letzten Sommerurlaub auf Mallorca zugelaufen, süß, ne?«

PS. Ik glööv jo ganz fast dor an, dat de Meerschweinchen sik över kort ode lang wedder dörsett. De sünd för't Klo nu mol to groot un för't Utsetten an de Autobohn jichtenswo to lütt.

De Bodeantoch

»Und, passt irgendwas?«, froogt mi de Verköpersche un ritt den Vörhang sowiet no de Siet, dat mi meist den ganzen Loden hier splitternokelt in de Ümkledekabin stohn seihn kann.

»Naja,«, segg ik, »irgendwas passt ja immer!«, un treck ehr den Vörhang wedder prass vör de Nääs to.

Mann! As of dat nich al schlimm noog is, hier jichtenswo merrn in so'n frömde Stadt, splitternokelt in so'n frömden Loden to stohn, heff ik hier nu ok noch so'n unsensible Verköper-Tussi an de Hacken.

Wi hebbt Sommer, un ik bruuk nu eennich mol 'n niegen Bodeantoch! Ik stoh hier vendoog jo nich dat eerste Mol! Ik heff dat in'n Februar al mol probeert, un denn noch mol in'n Mai. Jümmer ohn Erfolg!

Lest Johr hebbt se nämlich seggt, ik müss unbedingt nu in'n Februar komen, denn sünd noch all de niegen Modelle dor.

Blots, sik in Februar 'n Bodeantoch köpen, dat geiht eenfach nich! Denn steihst du dor, sühst ut as ›Weißfleisch op Strümpsocken‹, midden in'n Winter. Un dien Körper schall over so doon, as of he jüst ut Hawai kümmt. Kümmt he over nich! In'n Gegendeel, mien Körper hett sik över Winter jichtenswo verännert. Over dat wullt du eegentlich vendoog gor nich so genau weten. Du kummst dor over nich ümhen, denn de Kabinen för Bademoden, de sünd jümmer so richtich schöön hell! Dor kriggst du nich blots vun boven so 'n beten schmeichelich Licht, nääääh, dor kummt dat Licht vun alle Sieden! Schöön midden rin in diene hässlichen Kneekehlen.

Un in'n Mai, dor weer dat ok nich anners, blots, dat dor man blots noch de Hälfte vun de niegen Modelle dor weer.

»Tja«, seggt de Badenmodenfachverkäuferin, »hätten Sie im Februar kommen müssen.«

Ik heff kort överleggt, of ik ehr den pinkfarvenen Stringtanga nich eenfach üm ehrn Hals leggen schull – un denn ganz sinnich dichttrecken! Nu is over Sommer, un dat eenzigst wat hier noch hangt sünd ›Övergrötten‹ un de Modelle vun de lesten 4, 5 Johr. Un so'n Modell heff ik sülvst in'n Huus. Ik loot denn mien 22 Bodeantöög inne Kabin hangen un goh al mol los. No Winterjacken kieken. Dor kriggst du in Juli nämlich noch all de niegen Modelle.

Händis

De Minsch is doch echt 'n Gewohnheitstier. Dat
markt jeedeen vun uns jeedeen Dag. Un dat beste
Bispill is doch woll dat Händi.
Toeerst weer dat noch exotisch wenn dor en mit
so'n Ding op de Stroot telefoneern dä. Domols
weern dat noch so riesige Briketts mit 'n lange
Antenn dor an. Un denn worr dat op mol albern,
un jeedeen de mit so'n Ding telefoneern dä, worr
utlacht, minsch, wat hebbt wi uns opreegt. Twü-
schendör worr dat för de Männe sogor 'n Status-
sympbol: keen dat lüttste Händi harr, de harr
den gröttsten ... also, dat wat fröher för'n Mann
dat Auto weer, dat weer nu sien Händi. Un denn
keem de Tiet, wo wi uns över de opreegt hebbt,
de sik över de Händis jümmer noch opregen
dään.
Over op jeedeen Fall is dat Händi doch de Bewies
dorför, dat 'n al no 'n ganz korte Tiet nich mehr
ohn wat leven kann, wat 'n kort vörher noch för
afsluut överflüssich holen hett.
Wat hebbt wi fröher eegentlich mookt, wenn de
Tuch mol wedder to loot weer? Wi sünd ruhich

sitten bleven un hebbt dacht, minsch, dat is nu mol as dat is, moken kannst' dor doch nix an!

Blots siet dat nu de Händis gifft, is opmol allns ganz wichtich worrn. Nu warrt sogor telefoneert üm Bescheed to seggen, dat de Tuch pünktlich is. Ode güstern stunn 'n Fruu in'n Supermarkt un reep ehre Dochder an, üm to seggen, dat de Joghurt, den se ehr mitbringen schull, nich dor is. Ik funn dat meist schood, dat ik nich höörn kunn, wat de Dochder woll seggt hett: »Macht nix, Mama« – ode »Ööööhh, toll! Näh, dann will ich gar keinen!« Un wiel ik bi Mama keeneen Joghurt in den Inkoopswogen sehn kunn, weer de Antwoort woll kloor!

Teemlich to glieke Tiet koomt wi beiden an de Kass an. De Schlang an de Kass weer so middellang over achter mi höör ik de Fruu wedder telefoneern: »Du, Sandra – es dauert 'n Moment länger, hier is 'ne Riesenschlange! ... sagst Du Papi bitte Bescheid ...«

Ik harr ehr Nummer jo nich, üm bescheed to seggen, dat ik ehr geern vörloten do – vör se mi ehrn Inkoopswogen noch deper in de Hacken rammt.

Kröten op Motorrad

Ik sitt in mien ›Lieblings-Café‹. Mien Lieblings-Café is dorüm mien Lieblings-Café, wiel en dor jümmers 'n Platz kriggt. Woso en dor jümmers 'n Platz kriggt? Wiel jüst gegenöver 'n Motorradloden is! Dat heet, so alle 3 bit 5 Minuten kümmt dor so'n Motorrad andüüst. Dat heet over ok: so alle 3 bit 5 Minuten is dat in mien Café so luut, dat ik ophöörn mutt mit Lesen un Schnacken. Un dat ik dor henkieken do. Un dat ik denn eerst wedder wiederlesen ode schnacken kann, wenn dat wedder wat sinniger is!
Un dor is dat Problem. De Motorradfohrers dinkt nämlich, ik kiek dor hen, wiel ik em un sien Motorrad so toll finnen do. He dinkt, dat ik dink: Ey, wat för'n geile Maschien! Minsch, sowat harr ik ok geern! Den Mann mutt ik kennenleern.
Ik dink over: Ik bring em um! Em un all de annern, de dor glieks noch koomt! Un denn dink ik noch, dat Motorradfohrers mi in ehre dicken, wulstigen, schwarten Ledder-Kombis jichtenswo an Tiern erinnert. Ik wuss blots nich so recht, an welke: Düsse dicke, wulstige Ledder-Huut, un

denn wo de so op ehre Motorrööd sitten dot, mit ehrn krummen Puckel un de koomisch knickten Been.

Op koomen bün ik dor eerst annerdoogs, as ik 2 Motorradfohrers op een Motorrad sitten sehn heff. De seht nämlich ut, as so Kröten in de Poorungstiet. As 2 Pucken, de sik an't pooren sünd. Un dat schlimme is, se seht jo nich blots so ut, se verhoolt sik jo ok noch so. De Pucken koomt ok eerst ruut, wenn de Winter vörbi is. Un Poorungstiet ok dorüm, wiel de Sozius achternop ok jümmer wat lüttjer is as de Vördermann. As bi de Pucken. Dor klammert sik de lüttje vun achtern ok ganz fast an den Groten vörn. Un en hett den Indruck, de lüttje achtern lett den groten vörn ok nich ehrder wedder los, bit de Poorungsakt sien End funnen hett. Un eerst wenn *dat* denn so wiet is, denn stiegt se wedder af un drinkt in mien Lieblings-Café ehrn Koffie.

Wiel se genau weet, dat se dor jümmers 'n Platz kriegt.

Drinkgeld!

Mütt 'n eegentlich jümmer allens, wat so Tradit-schoon is, ok mit moken, blots wiel dat Tradit-schoon is? Ode kann 'n nich ok eenfach mol seg-gen, schluss, ut, vörbi! Ik will dat nich mehr. Ode ik will dat blots noch, wenn mi dor ok würklich no is, un nich, wiel 'n dat nu mol so deit! Mi geiht dat üm dat leidige Drinkgeld.

Egool, of wi tofreden sünd, ode nich! Ik geef ee-gentlich jümmer wat.

Un woso kriggt de een wat, un de anner nich?

Woso schall ik jüst den Friseur, bi den ik so al 46 Euro för waschen un schnieden betohlen do, woso mutt ik den nu noch 3 Euro Drinkgeld ge-ven? Dat kummt doch eegentlich noch ut de Tiet, as Friseure noch för'n Appeln un'n Ei arbeiden mussen. Over vendoog heet se Hairstylisten un loot sik dat ok mehr as goot betohlen.

Wat is mit de Fruu an de Supermarktkass, woso rund wi dor nich op? Woso seggt wi dor nich »Danke, stimmt so!«

Ode de Pilot, de annerdoogs bi Storm in Ham-borg 'n 1 a Landung henleggt hett! Woso geiht dor nüms mit 'n Hoot rüm un sammelt för so 'n Leistung? Un so'n Pilot, de kennt tominnst den Weg. Wat 'n vun so 'n Taxifohrer nich jümmer seggen kann. Un de Taxifohrer, de kriggt sien Drinkgeld, over garanteert. Wiel wi Angst hebbt, wi stiegt ansünsten mit 'n Mess in'n Puckel wedder rut ut sien Taxi.

Jüstso is dat, wenn ik eten goh! Ik geev jümmer wat, ok wenn mi dat gor nich schmeckt hett. Ode wenn dat sowieso al veel to düür weer. »Und, hat's geschmeckt?«, floskelt de Kellner jeedeenmol, un ik segg jümmer »Ja, Danke … machen Sie 30 bitte!« He freit sik, un mi liggt dat slechte Eten noch schworer in'n Mogen.

Un woso schmiet wi nich eenfach mol 'n handvull Lüttgeld in'n Orchestergroven rin, wenn uns dat klassische Konzert so goot gefullen hett? Ode mol 'n handvull op'e Bühne rop, wenn dor een so richtich toll sungen hett?

Woso schall ik, wenn ik 3,40 Euro för 1 Koffie betool noch Drinkgeld geven?

Ik finn, wi mööt dat ännern! Entweder kriegt se nu all wat, ode nüms! Düsse ganze ›Drinkgeldgeberei‹ kummt doch noch ut de Tiet, as de Kunde noch Köönig weer. Over de Monarchie, de hebbt wi hier in Düütschland jo al lang afschafft.

Smoker or NO-Smoker

Schood, schood, schood, wo süht dat blots ut!
Mien schöne rode Zigarettenschachtel, mit düssen
schönen franzööschen Noom dor op, düsse Es-
thetik, nu ruineert, dör düsse Geschmacklosich-
keit. Schwatt-witte Todesdrohungen op jeedeen
Schachtel. As of dat nich reckt harr, dor so wat as
›Rauchen macht Vorhänge gelb‹ roptoschrieven,
over nee ... Ik warr utschimpt un diskrimineert, ik
föhl mi dor dör sogor bedroht, un betohl dor ok
noch för.
Sado-Masochismus nöömt 'n dat, glööv ik! Bald
treck ik mi 'n Latex-Antoch an, un nehm 'n
Pietsch mit, wenn ik Zigaretten holen goh! Un
woso nu al wedder blots op de, de schmöken dot,
mh?
Woso mookt se düsse ganze Warn-Aktion nich ok
för de Suupsäck ünner uns, mh? De köst de Kran-
kenkassen tominnst jüst so veel, as de, de schmö-
ken dot. So'n örnichen Kööm is villicht goot, üm
de dichtqualmten Aterien wedder frie to spölen,
over Alkoholismus fritt di nu mol de Lebber
weg.

Un apropo Freten, woso denn nich so'n Warn-Aktion ok glieks för de Freetsäck ünner uns, mh? Slechtet, fettet Eten is doch för de Organe noch schlimmer, as supen ode schmöken. Woso? Wiel een, de fett is, ehrder den Lepel afgifft, as een de schmöken deit, un dat heff ik mi nich utdacht, dat hebbt se rutfunnen! In Düütschland köst uns dat falsche Eten un de fetten Minschen jeedeen Johr 70 Milliarden Euro! Dat mutt mol seggt warrn.

Un wo wi al bi de Freetsäck un bi den Suupsäck sünd! Wat is eegentlich mit de Blöödsäck? Woso gifft dat keen Warn-Hinweise op düsse ganzen Biographien, de dor nu överall rümliegt, »Achtung, das Lesen dieser Biographie kann zum absoluten Absturz Ihres IQ's führen.« Kiek mol, un Tabak reegt jo tominnst noch dat Gehirn an!

In Kanda sünd se nu sogor sowiet gohn, dat se richtige Biller vun kaputte Lungen, un schwatte Raucherbeen op de Zigaretteschachteln druckt hebbt. Wenn dat sowiet is, dennso verlang ik, dat op jeedeen Beerbuddel ok 'n groote, rode Schnapsnääs afbild warrt, dat op jeedeen Tofel Schokolood de dickste Minsch vun Ameriko opdruckt warrt un dat op Bohlen sien Biographie ... achso, dor is jo al 'n Bild vun Bohlen vörn op, dat is jo Afschreckung noog!

Dat niege Geld

An'n Anfang harrn wi eegentlich blots Angst!
Angst dat dat niege Geld, also de Euro, nich in
unse olen Portemonais passen deit. Dat Geld is to
groot hebbt se seggt!
Denn hebbt se seggt, dat dat niege Geld sogor ge-
fährlich is! Wiel de Prägung bi de Münzen vun
den Euro, de is wat deeper as bi dat ole Geld! Un
wiel dorüm mehr Dreck an den Münzen hangen
blifft, also ok mehr Krankheitserreger, un wiel dat
niege Geld jo nu dör ganz Europa geiht, hebbt se
al de groote Grippewell vörutseggt!
Un denn keemen de eersten lustigen Momente mit
dat niege Geld! Ik weer in Italien! Un för de Ita-
lieners, also för de Männe, för de is dat niege Geld
'n echte Katastrophe! So'n italienschen Macho, de
hett keen Portemonai! De harr jümmer sien Lire
Schiens los inne Büx sitten! Un wenn he sien Cap-
puchino ut harr, zack, keem 'n Schien op 'n Disch
un chiao! Nu hett de arme Italiener over de ganze
Büx vull mit Münzen un dat süht nich blots blööd
ut, dat mookt ok dat Betohlen veel schworer! He
sitt dor, de coole Italiener, un wöhlt in sien Hu-

pen Euromünzen un Centstücken rüm, un eegentlich bruukt de meisten vun jem woll 'n Brill. Over wat so 'n echten Italiener is, de sett doch keen Brill op! Höchstens 'n Sünnbrill. Un de hett he nich op'pe Nääs, sünnern op'n Kopp! Un nu gifft dat eegentlich blots noch Euro-Momente, de sünd echt to'n brüllen!

»Eine Portion Edelfischpfanne zum Mitnehmen 9 Euro 80« steiht buten an den Fischloden. Naja, koom, dink ik, los Ina, dat günnst du di mol! Un sehg vör mien binnere Oog so'ne Portion verscheden, frische Fischsorten op mi töven. »Mit Baguette oder mit Reis?«, froog de junge Mann. »Och«, segg ik, »mit Reis!« He deit twee lüttje Lepel Reis in'n Plastikbeker un seggt ... »sind dann 14,80!«

»Nä«, segg ik, »9 Euro 80!« un froog mi, woso he nich lever een Lepel Ries in twee Plastikbekers deit, Blödmann!

»Ja,« seggt he, »der Fisch, aber der Reis kostet 5 Euro extra!«

»Ja,« segg ik, »denn schull he man den Ries beholen! För dat Geld fohr ik sülvst no China un hool mi den Ries!!!«

»Top-Five-Gruppe«

Dat warrt nu over bilütten mol Tiet, dat se Feern-
sehers erfinn dot, de en ok mol antworten dot,
wenn 'n jem wat froogt. So'n Feernseher, wat bild
de sik eegentlich in? He kann mi doch nich länger
den ganzen Dag wat vertellen, ohn dat ik de
Mööglichkeit heff, mol notofrogen, wo he dat
eegentlich meent?

Annerdoogs seggt mien Feernseher to mi, dat se
nu jüst wedder de niege »Top-Five-Gruppe« ver-
öffentlicht hebbt! He verkloort mi denn ok noch,
dat de »Top-Five-Gruppe« de fief beliebtesten
Männe vun ganz Düütschland sünd. Un een vun
de fief is dor nu in Momang Franz Beckenbauer!
Un – seggt mien Feernseher noch – dat heet, dat de
mersten düütschen Männe geern Franz Becken-
bauer ween muchen.

»Franz Beckenbauer?«, froog ik em, un krieg mol
wedder keen Antwoort! Wenn se nu seggt harrn,
se wulln geern de Mann ut de Bacardi-Werbung
ween, ode Bratt Pitt ode sünst wat hochattrakti-
vet, over Franz Beckenbauer? Wenn mien Feern-
seher schnacken kunn, denn harr he wohrschien-

lich seggt: »Ina, Footballers sünd nu mol even Idole. Un so Idole, un vör allen Dingen Footballidole, de verschleist nu mol 'n beten wat ehrder – koomt also wat ehrder in'ne Middlifekrises, un denn krallt se sik op ehre öllern Doog ganz fast in dat blootjunge Fleesch, un dat imponeert den düütschen Mann! So as Oliver Kahn …«

»Och, koom«, wörr ik mien Feernseher denn ünnerbreken, »bi den liggt dat doch nich an't Öller. De is doch in sien Leven so foken den Ball achterno sprungen un denn jümmer wedder so hart op'n Rosen opdischt. Dor is doch wat in'n Kopp kaputt bi den.«

»Naja«, wörr mien Feernseher denn seggen, »over Lothar Matthäus t.B ….«

»Auuuuu, Lothar Matthäus«, wörr ik denn luut ropen, »Riesen-Idol, is dat nich de, de mol seggt hett ›Wir dürfen den Sand nich in den Kopf stekken‹? … Dumm kickt gut, ode wat?«

Un denn wörr mien Feernseher de Ogen verdreihn un noch 'n ganz schwachet »… ode even Franz Beckenbauer« stöhnen, so schwach, dat ik em mit de Feernbedeenung eerstmol wat luder moken mutt.

Över'n Afspann wörr ik em noch luut to ropen: »Denn wunnert mi dat over, dat Reiner Calmund nich op'n 1. Platz steiht. De is nich blots 23 Johr öller as sien Fruu, de wiggt ok noch 90 Kilo mehr!«

Frau Jones

Dat gifft 'n Werbung, dor wüllt se uns wiesmoken, dat dree meist veerteihnjohrige, ünnergewichtige Deerns al alleen in 'n WG wohnen dröfft. Fröher hebbt se de Creme, för de se hier Werbung mookt, lüttje Babys op'n Moors schmeert, vendoog wüllt se nu, dat sik de sülven Babys vun domols dat in't Gesicht schmeert.

Een vun jem steiht morgens op un kummt in de Köök, woneem de beiden annern, ünnergewichtigen veerteihnjohrigen al sitt un 'n Koffie drinkt. »Wie siehst du denn aus?«, seggt de twee to de een, de woll 'n beten wat länger schlopen hett.

Worüm, dink ik, wo süht de denn ut. Geschminkt, gestylt un 'n beten wat hungrich. »Kumm, mook di man 'n örnich Boterbroot«, segg ik. Deit se over nich. Se geiht in't Bodezimmer, schmeert sik 'n beten wat vun de Babycreme in't Gesicht, geiht wedder in de Köök, un nu kriggt se 'n Koffie. O.K., nu bün ik ok nich de ›Zielgruppe‹ för so 'n Werbung, over Ralf is de ›Zielgruppe‹. Nich vun de Babycreme, over Ralf geiht jümmers noch in

Diskotheken un leert dor junge Deerns kennen un he is vertwiefelt.

Dat eerste, wat se di jümmers froogt, seggt he, is: »Und was machst Du beruflich und was verdient man da so?« Un dat belast Ralf. »Ralf«, segg ik, »nu do doch nich so blööd! Se wüllt dien Geld un du wullt ehrn Körper. Ik vertell di nu mol de Geschicht vun Fruu Jones: Fruu Jones ut Ingland hett sik nu versekern loten – gegen Hässlichkeit! Fruu Jones is 26, Huusfruu un Mudder, un kriggt vun ehre Versekerung 150 000 Euro, wenn se för ehrn Mann Richard in 10 Johr nich mehr attraktiv noog is. Richard seggt to sien Fruu jümmer wedder, woll mehr so ut Spooß, dat he ehr verloten deit wenn se olt un hässlich is.«

Nu froogt wi uns natüürlich al furts, wo will en dat in teihn Johr entscheden, of Fruu Jones nu woll hässlich is, ode nich? Jaaa … de Versekerung hett sik dor wat överleggt: se lett Fruu Jones in 10 Johr an 10 Buuarbeiders vörbilopen, un mookt den ›Hinterher-Pfeif-Test‹. Wenn dor nu mehr as de Hälfte vun de Buuarbeiders meenen dot, dat Fruu Jones dat nich mehr wert is, dat 'n ehr achteran fleiten deit, dennso kriggt se dat Geld.

So, dat bruukt se denn woll ok! För 'n goden Therapeuten.

Wellness!

Ik heff mi mol wat gönnt. Ik mook 'n Wellness-Wekenend, op 'n Wellness-Insel in een Wellness-Hotel. Ganz alleen. Blots för mi. Un denn lieg ik dor, merrn in ›Wellness-Bereich‹ un föhl mi verry well.

Toeerst fallt mi op, dat ik woll de eenzige bün, de alleen ›wellnissen‹ deit. Üm mi rüm ganz vele wat öllere Männe, un ganz vele wat jüngere Fruun, un to jeedeen öllere Mann höört een vun de wat jüngere Fruun to.

De Spegels hier sünd extra 'n beten wat aftöönt un loot di gaue 5 Kilo dünner un 10 Johr jünger utsehn as du büst. Schood, dink ik, dat de Spegels hier nich ok wedder 'n poor mehr Hoor op de Glatzköpp vun de olen Männe zaubern köönt.

De ›Altersunterschied‹ twüschen jem, de is hier so groot, dat de Fruuns al de Männe de Döör ophollen dot. Un woveel vun düsse Männe woll ehre Fruu in't Huus vertellt hebbt, dat se op ›Geschäftsreise‹ sünd. Ik kunn sowat nich. Ik harr as Mann in so'n Öller jümmer Angst, dat mi dor wat passeert! Dat is jo ok gefährlich. Dat de hier nu jüst noch mit ehre Ladies in de Sauna rinlopen dot. Wo unöverleggt. Wo gau kann so'n olen Mann in de Sauna mol 'n Hartinfarkt kriegen? Ode nachts in't Hotelbett? Wenn he sik villicht doch op sien olen Daag 'n beten toveel totruut hett? Mit so'n junge Fruu! Un denn mutt sien junge Geliebte de Fruu anropen un seggen, dat he in't Krankenhuus liggt, in Bad Sowieso, un denn flüggt de ganze Geschichte op.

Ik kunn dat nich! Ik wörr al ut luter Angst 'n Hartinfarkt kriegen. Överlegg dat doch blots mol?

Denn weet sien ganze Familie bescheed. Un denn liggt he dor in't Huus, kann sik nich rögen un mutt sik over vun sien Fruu gesund plegen loten. Na, schöönen Dank! Lot du di mol gesund plegen vun 'n Fruu, de du jüst belogen un bedrogen hest!

Un sülvst wenn he keen Hartinfarkt kriggt. He mutt doch so oppassen, dat he nich utversehns mol 'n Quittung in sien Antoch vergeten deit, den sien Fruu over no de Reinigung bringt.

Over villicht is dat ok de Grund, dat so vele Chefs sik glieks de Sekretärin ok as Geliebte nehmt. Bi de Sekretärin kann he jümmer seggen: de mutt mit, för't Diktat. Un ok kann so'n Sekretärin de ganzen Quittungen glieks mit in't Büro nehmen un gau afheften, vör sien Fruu de find, ode noch wat schlimmer, vör de in de Reinigung land, un he de nich mehr vun de Stüür afsetten kann.

Echte Prominente

Ik sitt mit Julia in Berlin in'n Restaurant, un wi
wüllt unsen Urlaub beschnacken. In'n Winter
harrn wi uns överleggt, dütt Johr wulln wi mol
wat ganz besünneres moken. Wi wulln in't Klo-
ster! Klostertouristik nöömt se dat! Dree Weken
nich schmöken, keen Alkohol, gesund eten, mor-
gens Klock 6 opstohn un dat schlimmste, dree
Weken den Bort holen, un dat allerschlimmste,
dree Weken nich lachen.
Wi harrn höört, dat'n 'n ganz niegen Minschen
warrn schull, wenn'n dor heel wedder rut is.
... un vendoog wulln wi nu noch gau beschna-
cken, of wi överhaupt ganz niege Minschen
warrn wulln. Of wi nich so, as wi sünd mit uns
tofreden ween wulln. Noher kummst' dor ut
so'n Kloster wedder rut un kennst di sülvst nich
wedder!
Eerstmol bestellt wi uns dat fettichste Eten, wat
hier op de Kort to finnen is, un 'n örnich Glas
Wien dorto! Wenn 'n de ganzen Sünden so di-
rektemang vör sik stohn hett, hebbt wi uns
dacht, denn kann 'n sik ok veel beter vörstellen

wo dat is, wenn 'n dor mol 3 Weken op verzichten mutt.

Julia seggt, se harr nu vun een Kloster in Franken höört, dor gifft dat blots Wien to drinken. Morgens al! Blots Wien, den ganzen Dag!

»Och nääää«, segg ik, »dat is jo ekelich, morgens al Wien! 'n will doch morgens ok mol 'n Beer drinken.«

Over wi wullen uns de Entschedung, of nu Klosterfruu ode nich Klosterfruu ok nich so licht moken, un frogen de Bedeenung no de Ieskort! So 'n örnichen, dicken Iesbeker, villicht bröch de uns jo wat wieder. Veer verscheden Bekers geev dat op de Kort: Emmi Tröter, Bibo Hoppenfleth, Golda Meir un Tschaikowski.

Dat broch uns al mol so to 'n lachen, dat wi dormit in so 'n Kloster woll 'n grootet Problem an'ne Hacken harrn. Wo koomt de woll op den Nooms? Ik meen, Golda Meir de kinnt 'n jo vun fröher, as israelische Ministerpräsidentin, un Tschaikowski is ok kloor! Over keeneen, bitte, sünd nu Emmi Tröter un Bibo Hoppenfleth?

Uns leet dat keen Roh. Wi frogen de Bedeenung … un de wuss dat ok nich. »Och«, segg ik, »ik kunn doch nu hier keeneen opeten, vun den ik noch nich mol weet, keen he nu eegentlich is!«

Dat funn' se logisch un geiht ehrn Chef frogen. »Und?« froogt wi, as se wedder trüch keem.

89

»Jaaa«, seggt se, also Emmi Tröter, dat is 'n Tante vun ehrn Chef. Un Bibo Hoppenfleth, dat weer fröher mol de Footballtrainer vun ehrn Chef, over keeneen nu düsse Golder Mayer un düsse Tschaikowski is, dat wüss se ok nich!

Wenn de Buur in Rente geiht!

As unse Öllern vör 10 Johr den Buurnhoff opge-
ven hebbt, weer dat för uns Kinner ganz schlimm.
Wo wi dor doch Schuld an weern. Wiel nüms vun
uns 5 Deerns Lust harr, Buur – ode beter seggt –
Bäuerin to warrn. Nich eene vun uns 5 Deerns hett
dat schafft, sik 'n örnichen Buurn an Land to trek-
ken. So een, de wüss, wo de Homer hangt, un de
den ganzen Hoff alleen schmeten harr. So'n Jürgen
Pooch ünner de Jungbuurn. So een, de seggt harr:
»Komm, Schatz, komm, komm, komm, ruh Du
Dich man 'n bisschen aus, ich mach das hier schon
alles alleine!« Un de sik denn – zack – sowat vun
sportlich un männlich op sien groten, nogelniegen
– natüürlich vun em mit in de Ehe brochten –
›Fendt-Trecker‹ schwungen harr, nich ohn mi
vun'n Trecker ut noch mol to to ropen ... »Ach ja,
Kleines, bevor ich's vergesse, ich möchte heute
abend nichts essen ... und Morgen auch nicht ...
und Übermo...! Fang bloß nicht an zu kochen!«
Tja, as ik dat al seggt heff, so'n Buurn hett nüms
vun uns 5 Deerns funnen! Un so harrn wi nu 'n
ganz slechtet Geweten!

Wi sehgn unse Mama al mit Depressionen un Papa mit 'n Köömbuddel vörn Hals in'n Sessel sitten un Hans Meiser kieken, wenn se em vör luder Schnapps un Depressionen överhaupt noch kieken kunnen. Villicht wörrn se sogor sülvst in sien Sendung gohn, wenn dat Thema kummt: ›Hilfe, meine Kinder haben mir die Haare vom Kopf gefressen und nun lassen sie mich hängen!‹

Over vunwegen.

Papa, mien Papa, de fröher 'n Teeketel nich vun 'n Koffiemashien ünnerscheden kunn', de ni nich wat saubermoken müss, de ni nich wat op'n Disch un al gor nix wedder rünner vun Disch kriegen müss, de in sien Leven noch ni nich Betten mookt harr, ode mol 'n Waschmachien anstellt harr, wenn he den överhaupt wüss, dat wi 'n Waschmaschien harrn, un den sien eenzigst Ferdichkeit in de Köök weer, dat he sien Botterbroot sülvst schmeern kunn, wenn denn allns ferdich op'n Disch stunn, düsse Minsch, düsse Schrank vun Mann, mit Hannen as Rhabarberblööd, de steiht vendoog mit 'n Schört vör'n Latz an Herd un kookt Appelmoos in … mookt gestoofte Bohnen, kookt Birnen in un mookt Flederbeersaft! Bi'n Arfenutpuhlen un Stickelbeernplücken dröffst du em noch nich mol stöörn.

Un Mama? Mama föhrt geern weg … mol hier hen, mol dor hen un annerdoogs mol för'n Week mit Tante Käthe un Onkel Klaus in Horz! Un wiel dat för Papa nix schrecklicheret gifft, as weg to föhrn, seggt he den jeedeenmol, kort bevör dat losgohn schall, to Mama: »Du, Erika, ik heff mi dat överleggt, loot du mi man in'n Huus!« Un wenn Mama denn seggt, un dat seggt se jeedeenmol: »Och, Niklaus, wenn du dat meenst, denn blief du man in'n Huus«, denn is dat för Papa dat gröttste Geschink, wat Mama em moken kann. Denn is he in sien Element. Denn binnt he sien Schört gor nich wedder af. Denn gütt he sogor Mamas Blomen! Un wenn sien Freid schier överhand nimmt – so as annerdoogs – denn gütt he sogor Mamas Plastikblomen.

Ach, mookt nix – Vati – de Dinger drööcht ok wedder! Solang du nich anfangst, dat Plastikgedööns ok noch ümtoplanten.

Fröher weer allns ... anners

Ik segg jümmer »Och, uns Dörp hett sik sooo ver-
ännert«, over dat stimmt eegentlich gor nich. Ik
heff mi so verännert. Uns Dörp, dor sünd man
jüst 'n poor Hüüs dorto koomen un 'n poor Hüüs
wedder weg, over bi mi is nix dorto koomen un
nix wedder weg, bi mi hett sik jichtenswo allns
verdreiht.
Wenn dat fröher bi uns to Meddag Steekrö-
venmuus geef, dennso heff ik jümmer seggt
»Ööhhh, ik heff keen Hunger«. Wenn ik vendoog
mol wedder to Huus bün, un Mama froogt
mi, wat ik woll geern mol eten mag, dennso
segg ik »Och, mook doch mol wedder Steek-
rövenmuus«. Ode wenn ik mit ehr dör't Dörp
loop un roop: »Och kiek mol dor«, un Mama
seggt, »Wat?«, un ik segg, »Kööh, dor, op de
Weid«, dennso kickt se mi jümmers ganz groot
an.
Wenn wi fröher Beester ümdrieven mussen,
dennso weer dat jümmer 'n ›wiederwilligen Dau-
erlauf‹ vun 45 Minuten. Wenn ik vendoog in Köh-
len ankoom, dennso pack ik toeerst mien Sport-

tüüch ut un loop freewillig eenmol üm't Holt, ohn Beester.

Un ik warr jümmer richtich melancholisch wenn ik dor so an dinken do, wo ik as lüttjet Baby stünnenlang achtern op de Weid in't Loopgitter stohn heff. Ik keek mol no rechts, dennso keek ik over ok mol no links, un wenn rechts un links nix losweer, dennso keek ik eenfach wedder liek ut.

Un eenmol an'n Daag keem Spannung op. Wenn Papa mit 'n Trecker den Föhlweg hoch fohrt keem, un ik wuss jo vörher ni nich, »oh, wat hangt dor woll vendoog achtern an'n Trecker an? De Määsdreiher, ode de Ploog ...«. Wenn ik em denn vun wieden al hören dä, dennso kunnst' mi in't Loopgitter al vör Freid op un dol springen sehn.

Un denn de Vörfreit, woneer kummt he woll mit sien' Trecker wedder den Föhlweg dolsuust? Ik weet sogor noch, dat ik mannigmol in de Nacht gor nich inschlopen kunn, wiel an den Dag nich de Trecker, sünnern de Meihdöscher den Föhlweg hoochknattern dä.

Ach Kinners, wat wörr ik mi frein, wenn Mama mi vendoog mol dat Handy un dat Laptop weg nehmen dä, un mi eenfach mol wedder vör 'n poor Stünnen boven op de Weid in't Loopgitter setten dä.

Ina Müller

Platt is nich uncool.

Ina Müller erzählt eindeutig-zweideutig
auf Platt; von sich, ihrem Alltag von Männern
und Frauen und von allerlei, was beide
gemeinsam oder eher doch nicht gemeinsam
haben – voller Ironie und Selbstironie,
frech, unverkrampft und ohne Tabus!

Schöönheit vergeiht
Hektar besteiht

An ›akuter Reizüberflutung‹ habe sie
in ihrer Kindheit nicht gelitten sagt Ina Müller,
und vielleicht hat ihr gerade das die Gabe
geschenkt, die kleinen Dinge des Alltags
so mitreissend spritzig zu erzählen,
dass sie fast spektakulär wirken.

Platt is nich uncool.

Hörbuch: Live-Mitschnitt einer Veranstaltung!

Schöönheit vergeiht
Hektar besteiht

Hörbuch: Live-Mitschnitt einer Lesung!

Erschienen im

Quickborn-Verlag